潛水艇

伊坂幸太郎

李彥樺 譯

SUBMARINE

ISAKA KOTARO

サブマリン

目錄

總導讀

奇想・天才・傳說

張筱森

雖然是篇談論伊坂幸太郎的文章，不過請先讓我稍微離題談一下二〇〇六年的第一百三十四屆直木獎。這屆的大事當然是東野圭吾在五度鎩羽而歸之後，終於以《嫌疑犯X的獻身》獲獎；可說是了卻他一樁心願，也替其出道二十年錦上添花一番。東野連續五度提名五度落選的事蹟，讓日本大眾文壇和讀者之間開始悄悄地流傳著一個聽來有點辛酸的名詞「東野圭吾路線」，意指不斷被提名、不斷落選，然後過了該得直木獎年紀的作家。而東野總算在第六次的提名擺脫了這個看似不太名譽，不過差一步就會變成傳說的不幸陰影。但是在東野終於獲獎的這樣可喜可賀的事實背後，其實也存在著一名極為有力的「東野圭吾路線」候選人，那就是本文主角——伊坂幸太郎。

伊坂幸太郎，一九七一年出生於千葉，畢業於位在仙台的東北大學法學部。小學時和一般小孩一樣閱讀各式各樣的兒童讀物，年紀稍長之後開始看當時流行的國產娛樂小說，如：都築道夫、夢枕獏、平井正和等人的作品，高中時因爲看了島田莊司的《北方夕鶴2/3殺人》後，成了島田書迷。而在高中時，因爲一本名爲《何謂繪畫》的美術評論集，啓發伊坂認爲能使用想像力生存是件非常幸福的事情，而小說恰好可以一人獨立從頭開始，自己應該也辦得到；因此他決定在進入大學之後開始創作，再加上喜愛島田的作品，便選擇了寫推理小說。進入大學之後則開始閱讀純文學，尤其喜愛諾貝爾文學獎得主大江健三郎的作品。

也因爲他將對運用想像力的憧憬著力於小說創作上，於是各項具有想像力的元素都漂浮在其作品中，如法國藝術電影、音樂、繪畫、建築設計等等，使得讀者在閱讀推理小說的同時，也彷彿看了一場交織著奇異幻境寓言、生命哲思與青春況味的文藝表演。

巧妙地融合脫離現實生活的特殊經歷以及不可思議的冒險活動，一向是伊坂作品的創作主軸，這種奇妙組合，正是伊坂風靡了無數熱愛文學藝術的青年讀者的重要原因。

這樣的他，在一九九六年曾經以《礙眼的壞蛋們》獲得山多利推理小說大獎佳作，不過一直要到二〇〇〇年以《奧杜邦的祈禱》獲得第五屆新潮推理小說俱樂部獎後，才正式踏上文壇。奇特的故事風格、明朗輕快的筆觸，讓他迅速獲得評論家和讀者的熱烈歡迎，不光是在年度推理小說排行榜上大有斬獲。二〇〇三年以《家鴨與野鴨的投幣式置物櫃》拿下吉川英治文學新人獎，二〇〇四年則以《死神的精確度》獲得日本推理作家協會短篇部門獎，更在二〇〇三到二〇〇六年間以《重力小丑》、《孩子們》、《死神的精確度》、《沙漠》四度獲得直木獎提名，可以看出日本文壇對他的期待和重視。

伊坂到二〇〇六年爲止總共發表了八部長篇、四部短篇連作集和一篇短篇愛情小說。因爲喜歡島田，而決定創作推理小說的伊坂，打從一出道就以推理小說新人獎得獎作《奧杜邦的祈禱》獲得各方注意；然而《奧杜邦的祈禱》卻長得一點都不像讀者們所熟悉的推理小說模樣。伊坂曾經說過，「寫作的時候，我並不喜歡描寫眞實的現實生活，而是想寫十分荒唐無稽的故事。」《奧杜邦的祈禱》正是這樣特殊，有著前所未有的奇特設定的一部作品。一個因爲一時無聊跑去搶便利商店的年輕人伊藤，意外來到一座和日本本土隔絕一百五十年的孤島，孤島上有個會說話、會預言未來的稻草人優午。優午告訴伊藤，自己已經等了他一百五十年，而伊藤這個外來者將會帶來島上的人所欠缺的東西。留下這般謎樣話語之後，優午就死了，而且還是身首異處、死得相當悽慘。這短短幾句描寫，就能夠看出伊坂作品最顯而易見的特殊之處：「嶄新的發想」，我想很難有讀者在看了這樣奇異至極的開頭，而不繼續往下翻去，畢竟「會講話的稻草人謀殺案」實在太過特殊。而這種異想天開、奇特的發想，就成了伊坂作品中一個非常重要而且難以模仿的特色，在他往後的作品當中都可以看到這樣的特色，以死神爲主角的

《死神的精確度》便是個好例子。

然而空有奇特的發想，沒有優秀的寫作能力也無法讓伊坂獲得現在的地位。第二作《Lush Life》便是讓讀者更認識伊坂深厚筆力的作品，畫家、小偷、失業者、學生、神、心理諮商師等等眾多人物各自在五個故事線中登場、彼此的人生互相交錯。如何將這五條線各自寫得精采絕倫，而在彼此交錯時又不落入混亂龐雜的境地，最後將所有故事線收束於一個點上。伊坂在敘事文脈構成上展現了高超的操控能力，就像不斷地在本作出現的艾雪的畫一般地令人目眩神迷。複雜的敘事方式中包含著精巧縝密的伏線，並且前後呼應，而此極爲高明的寫作方式，在第四作《重力小丑》、第五作《家鴨與野鴨的投幣式置物櫃》中也明顯可見。

筆者和大部分的台灣讀者一樣對伊坂最早的認識來自於《重力小丑》一作，對於本作中那幾乎只能以毫無章法來形容、或者可說是某種文字遊戲的章節名稱印象深刻。但在閱讀了伊坂的其他作品之後，便能夠理解日本文藝評論家吉野仁所指出的伊坂作品的一種極爲另類的魅力來源——「將毫無關聯的事物組合在一起」，像是「鴨子」和「投幣式置物櫃」明明是毫無關聯的東西，卻成了小說。或是書名爲《蚱蜢》內容卻是殺手的故事，這樣的奇妙組合讓伊坂的作品乍看書名就能吸引讀者的目光一探究竟。而更引人注意的是，這樣看似胡鬧的作法，也散見於每部作品的內容和登場人物的言行之中。

在《家鴨與野鴨的投幣式置物櫃》中，主角的鄰居甫一登場就邀他一起去搶書店，而目標僅僅是一本《廣辭苑》!?在《重力小丑》中，春劈頭就叫哥哥泉水一起去揍人。然而在這些登場人物的異常行動，或是令人不由得笑出聲來的詞句背後，其實隱藏著各種人性的黑暗面。《奧杜邦的祈禱》中，仙台的惡劣警察城山毫無理由的殘虐行徑、《重力小丑》中的強暴事件、《魔王》中甚至讓這樣的黑暗面以法西斯主義的樣貌出現。伊坂總以十分明朗、輕快並且淡薄的筆觸，描寫人生很多時候總會碰上的毫無來由的暴力。如此高度的反差，點出了一個伊坂作品世界中的重要價值觀——在面對突如其來的暴力時，該如何自處？該怎麼找出最不會令自己後悔的生存方式？

如果將毫無理由的暴力推到最極致，莫過於「死亡」了，只要是人，難免一死，那麼人類該怎麼和終將來臨的死亡相處？從《奧杜邦的祈禱》中的稻草人謀殺案起，這個問題意識就一直在伊坂作品的底層流動，筆者想隨著此次伊坂作品集出版，讀者在全部讀過一遍之後，應該也都能得出屬於自己的答案。

而在熟讀伊坂作品之後，讀者便會發現伊坂習慣讓他筆下所有人物產生關聯，先出現的人物一定會在之後的作品登場。像是深受台灣讀者喜愛的《重力小丑》兩兄弟，也會在之後的某部作品中出現，這樣的驚喜也十足地展現了伊坂旺盛的服務精神。

在文章開頭提到伊坂是極有力「東野圭吾路線」候選人，如實地反應出日本讀者和評論家對於伊坂遲遲不能獲獎的難以理解。但是筆者忍不住想，就這樣成爲直木獎史上的傳說，似乎無損於伊坂的成就。畢竟就像日本推理天后宮部美幸說的：「伊坂幸太郎是天才，他將會改變日本文學的面貌。」做爲一名讀者，能夠和一位不斷替我們帶來全新小說的天才作家相遇，就是一種十足的幸福。

作者介紹

張筱森，推理小說愛好者，推理文學研究會（MLR）成員。結束了日本囤積推理小說的留學生涯後，回到台灣繼續囤積。

潛水艇

24

Submarine

0

「呃，你叫什麼名字……棚餅（註一）？」

「陣內主任，他姓『棚岡』。」我趕緊訂正。

我和陣內坐在汽車後座，中間夾著一個名叫棚岡佑真的少年。

「武藤，老婆常罵你太愛鑽牛角尖吧？」

「無論如何不能拿別人的名字開玩笑，這不是基本原則嗎？」

「想出這種基本原則的傢伙，肯定沒什麼大不了。」

「那個人就是從前的你。」

車內瞬間鴉雀無聲。坐在中間的棚岡佑真一直低著頭，不發一語。跟我有所接觸的少年，多半是幹下一些事情，而幹下一些事情的少年，多半會選擇擺一張臭臉給我看，就像棚岡佑真此刻的臉這麼臭。

我不禁想起自己的兒子。至今他仍常在托兒所裡受女生欺負，面對小他兩歲的妹妹也畏畏縮縮，大部分時間都一副癟著嘴、強忍淚水的表情。難道再過十幾年，兒子會變得和眼前的少年一樣？我實在無法想像。

「坦白講，像是名字和姓氏、頭髮多或少、緊張時會不會臉紅之類，拿來當笑話根本一點都不好笑，只會凸顯自身的幼稚。」

「這句話出自一個才取笑別人姓氏的人口中，很有說服力嘛。」

陣內板起面孔，安靜下來。他似乎想找藉口辯解，半晌後，突然宛如自首的歹徒般雙手合十，朝身旁的少年一拜：「對不起，拿姓氏開玩笑是我不好。」

一向不服輸導致最後深陷泥沼的陣內，今天倒是相當乾脆地投降。

車子正駛向東京少年鑑別所。涉案少年接受警察偵訊、結束羈押後，會先從看守所送往家庭裁判所（註二）。裁判官進行面談，認定「有觀察處分的必要」，少年便會轉送至鑑別所。隨車同行的家庭裁判所職員，通常是依序輪流，陣內卻無視規則，直嚷著「我要去、我要去」插隊，大概是閒得發慌吧。可惜規則不會爲「閒得發慌」這種理由變更，陣內只好搬出一些狗屁倒灶的牽強藉口。其他人懶得多費唇舌，決定睜一隻眼閉一隻眼：「好麻煩，就由主任去吧。」

「對了，武藤，告訴你一個大消息，保證讓你捶胸頓足。」

「剛調來時，發現再度和主任成爲同事，我也曾捶胸頓足。這次的大消息會害我捶得更用力嗎？」

註一：原文「棚ボタ」，是俗諺「棚からボタ餅」的略語，意思是天外之喜。陣內藉俗諺開了對方姓氏的玩笑。

註二：約相當於台灣的「少年及家事法院」。

調了單位又跟陣內共事，我非常訝異，但自由奔放如脫韁野馬、不甘遵循形式的陣內，接受主任的升格考試，並取得頭銜，更讓我感到晴天霹靂。好比得知一個行事風格驚世駭俗的藝術家，突然到醫院健康檢查。然而，當上主任的陣內，言行舉止絲毫不改本色，可以想見和這樣的主任同一組，一定會吃足苦頭。家庭裁判所的調查官通常是三人一組，我暗自祈禱千萬不要分到陣內那一組。可惜愈不願實現的事，愈會成爲現實，我順利成爲陣內的組員。這就是逃不開的命運吧，我不禁仰天長嘆。

分到同一組的，還有一個比我年輕的調查官。她名叫木更津安奈，一樣是捉摸不透的女人。我不敢肯定她體內是否流著血液，也不敢肯定她的血液顏色是否與我的相同。她屬於喜怒不形於色的類型，稱不上死氣沉沉，口頭禪卻是：「有必要這麼認眞嗎？」

世上絕大多數的事很難斬釘截鐵地斷言「就是有必要這麼認眞」，此話一出，古埃及建築物與科技的進步，可能會全盤遭到否定。一般人的行動，往往不是經過利益得失的計算，而是一時興起或騎虎難下，至少我是這樣。雖然想反駁「假如什麼都要問有沒有必要，索性一輩子躺在冬眠膠囊裡算了」，但恐怕她會嚴肅地回答「眞有那種膠囊，我就這麼辦」，於是我沒說出口。

總之，坐在辦公室裡的我，在一天到晚惹麻煩的陣內，與幹勁若有似無的木更津安奈包夾下，只能抬頭瞪著天花板嘆氣。要是看天花板的時間愈長收入愈多，半年後我便會躋身大富翁。

「俗話不是說『弘法不挑筆』（註一）嗎？啊，弘法指的是空海大師，你知道吧？」

陣內壓低話聲，像在講鄰居的八卦。

「字寫得很美吧，他是有名的書法家。好像是『三筆』（註二）之一。」

「什麼三筆？」

「類似三劍客，反正就像班上前三名。」

交談過程中，夾在我們中間的棚岡佑真仍臭著臉，不發一語。

「那麼，『弘法不挑筆』的意思，是弘法的字寫得棒，所以不會挑筆，對吧？」

「對，眞正的行家不會依賴工具。」

「其實，這是錯的。」

「錯的？」

「據說弘法滿挑筆的。」

「咦？」

「硬要說的話，他屬於『沒好筆就不肯寫字』的類型。」

我實在無法想像弘法大師會是這樣的人。

「如何？是不是想捶胸頓足？」陣內接著道：「像諺語、格言之類，換成相反的狀

註一：原文「弘法筆を選ばず」，意思是有才能的人不會在意環境或工具上的劣勢。

註二：日本古代書法寫得最好的三位人物，通常指的是空海、嵯峨天皇、橘逸勢。

況，誰會掛在嘴邊？譬如『弘法其實挺挑筆』這種話，不說大家也知道吧？既然要寫字，挑筆不是很正常嗎？連諺語都會騙人，我們還能相信什麼？老實講，諺語裡出現專有名詞的情形十分少見。好比『河童也會溺水』或『猴子也會從樹上掉下來』，都沒專有名詞吧？所以，即使有人說『有些猴子絕對不會從樹上掉下來』，想出諺語的人仍能反駁『就是有一些會掉下來』。可是，一旦變成專有名詞，只要有人說『弘法大師也會挑筆』，這句諺語立刻失去意義。唉，要是我生在創造出這句諺語的時代，就能提供建議了。」

「什麼建議？」

「比方『專有名詞放進諺語裡很危險喔』。唉，眞是可惜。棚岡，你說對吧？」

棚岡佑眞瞧也沒瞧陣內一眼，自顧自凝視著腳邊。既像在反省過錯，又像在懊惱自己的人生怎麼會變成這樣。不，或許更像放空一切，什麼也不想管。

大約十五分鐘後，車子抵達鑑別所。

「對了，棚餅！」陣內似乎覺得應該說幾句道別的話，忽然喊道。

「現在心情如何？」

棚岡佑眞依然僵硬得宛如一尊蠟像。

每個遭移送的少年各自有著不同的態度。雖說各自不同，但大致上能區分成幾類。

有些少年神情緊張，想像著自己會有什麼下場；有些少年拋不開對大人或社會要脾氣的幼稚心態，滿腦子只想著不能示弱、不能諂媚；有些少年不曉得是耐不住沉默，還是想觀察大人的反應，不斷親熱地搭話。像棚岡佑真這樣從頭到尾臭著臉的例子，並不罕見。

「是不是很懊惱搞砸了？」陣內一派輕鬆地繼續問。

棚岡佑真迅速轉頭，望著陣內。

「雖然沒駕照，但你技術十分熟練吧，怎會發生這麼大的車禍？開車不專心嗎？」

車子停下。

直到將戴著手銬的棚岡佑真交給鑑別所職員，我才鬆一口氣。雖然不至於擔心少年會反抗或逃走，但順利達成使命，總是安心許多。

「關於奪走人命，這孩子是怎麼想的呢？」

「案子」剛從檢察廳轉送至家庭裁判所時，通常還沒指派負責的調查官，只能透過案件紀錄大致瞭解，無法掌握細節。

然而，棚岡佑真的案情，打一開始就相當清楚。高中畢業、靠打工維生的十九歲少年棚岡佑真無照駕駛，超速撞上人行道，導致一名晨跑的中年男子死亡，在新聞媒體上引起不小的話題。不幸中的大幸是，清晨行人不多，若時間稍有偏差，很可能會捲入通學途中的孩童。經警方調查得知，棚岡佑真是無照駕駛的慣犯，常偷車來開，社會一片譁然。所謂的「社會」究竟是指誰，沒人說得明白。這個「社會」的地位大概和「猴子也會從樹上掉下來」中的「猴子」差不多。總之，「社會」大眾的意見偏向「嚴懲這名荒唐的少年」。

未成年人無照駕駛引發死亡車禍，原則上必須回送給檢察官（註一），但總不能像分類包裹一樣，符合條件就貼張標籤送出去。原則畢竟只是原則，家庭裁判所必須依據少年的本性及案件的性質，考量是否該採取刑事處分以外的方式。因此，我們家裁調查官還是不能蹺著二郎腿不做事。

「棚餅的案子頗受矚目。武藤，你很想負責吧？」

陣內一副理所當然的語氣。我搞不清他的企圖，不禁一愣。

「在說什麼啊？我才不要。」

「眞不像愛出風頭的你。」

「主任，看來你對我有所誤解，我最討厭出風頭。」

「是嘛……」陣內隨口敷衍一句，不曉得是認同還是不認同。「不過，要是這案子落在你頭上，你可別生氣。」

「才不會生氣，這是工作。」

「這就是所謂的『弘法不挑筆』？」

「據說這句話是騙人的。」

「眞的假的？害我好想搥胸頓足。」

1

「武藤先生，謝謝你特地前來。不過，俊不是確定不起訴了嗎？」

小山田俊的母親扯著嗓子問。每次我上門拜訪，她總顯得十分忙碌。

小山田家位於高級住宅區，外觀看起來相當高級。連不怎麼熟悉車款的我，也看得出一樓車庫裡，停著的是高級車。屋內每一面牆壁都白淨無暇，散發出的清潔感，彷彿從地板到天花板都經過徹底消毒。

「抱歉，小山田太太，看來妳有些誤解。俊並非獲得不起訴處分。」

所謂的「不起訴處分」，適用於一般成年人的刑事案件。家庭裁判所的審理，與一般裁判所（註二）不同，著重感化與更生教育。若是裁定保護處分，可能會交付保護管束，或移送少年院；假如認定有很大的希望能夠改過向善，甚至會裁定不處分或不審判。

註一：依照日本《少年法》規定，未成年犯罪者由警方移送給檢察官後，檢察官會再將案子移送至家庭裁判所，但家庭裁判所經調查後，若認定情節重大有必要接受刑事處分，就會將案子退回給檢察官進行偵查及起訴。

註二：即法院。

太縱容了！未成年人應該和成年人一樣受到制裁。我知道不少人懷抱這樣的想法。

以我的妻子來說，在認識我前，她根本不曉得有「家庭裁判所調查官」這種職業。每當看見電視新聞報導少年犯下的殘酷暴行，她就會大嘆「做了這麼過分的事卻不會被判死刑啊」。最近她感慨完，會苦笑表示「從前的我一定會這麼想」。或許是看著我工作的模樣——更正確地講，是聽著我對工作發的各種牢騷，她逐漸明白涉案少年有各種狀況，不見得都罪大惡極。然而，最後她往往會補上一句：「我還是無法釋懷，這個少年不就是大壞蛋嗎？」遇上這種情形，我只能回答「或許吧」。正因從事這份工作，才不能天真地說出「所有誤入歧途的少年都能洗心革面」。一樣米養百樣人，這百樣人會引發千千萬萬不同的案件。

「可是，審判結束了吧，武藤先生怎麼還過來？啊，是我做的菜太好吃嗎？」小山田俊的母親說話快得像機關槍。她的個子嬌小，容貌稱得上美女，卻總想到什麼說什麼，散發著八面玲瓏的氛圍，自由奔放到有點讓人難以招架。沒刻意妝扮，潤澤的雙唇卻有種豔麗感。

「目前在試驗觀察的階段，審理還沒結束。我們想再花一點時間看看俊的狀況。」

「說什麼觀察，不要把別人的兒子當昆蟲。」

我講一句，她馬上就能回一句，連珠砲般的反應速度令人甘拜下風。

「總之，我們得定期來跟俊聊一聊。」我應道。

家庭裁判所的官網上，對於「試驗觀察」有著這樣的解釋：「家庭裁判所調查官向少年提供更生的建議與指導，並觀察少年是否積極想改進自身的過失。依據觀察結果，裁判官將做出最終判決。」

「武藤先生，你來啦。我媽是不是又說了什麼讓你啼笑皆非的話？」

轉頭一看，門口出現一個臉色蒼白、身材瘦削，穿體育服的年輕人。他是仍就讀高中的小山田俊。雖然臉龐帶著稚氣，但每次見面，他都會露出彷彿在評估我有幾分斤兩的表情。據說他以第一名的優秀成績考上東京都內的明星高中，卻幾乎沒踏進校園，成為繭居族。

「媽媽正在罵他呢。說什麼要觀察你，又不是牽牛花。」

「要不要到我房間？」小山田俊問我。

「好，帶他到你房間玩吧，媽媽得出門上班。」母親的口吻，簡直像是兒子的朋友突然來訪。「那我先走了。武藤先生，跟俊聊完就快回去吧。」

雖說是針對少年的觀察，但分析家庭背景，並與監護人對談也是重要環節之一，母親理當不能置身事外。但小山田的母親大剌剌扔下這句話，隨即匆匆忙忙離開，我來不及擋下她，也來不及告訴她「根本沒吃過妳做的菜」。

原本我應該向母親詢問俊的近況，但先前我問過好幾次，得到的回答都大同小異。

「那孩子總關在房裡，哪知道什麼近況？武藤先生，一箱水果沒打開，你能描述水果的狀態嗎？」

試著打開箱子，要是打不開就找縫隙，設法確認裡頭的狀況，這不是爲人父母的職責嗎？或許我該如此反駁，但想想我也是每天工作到孩子睡著才踏進家門，把家裡的事都丟給妻子，便又把話吞下肚。

這是我第二次進入小山田俊的房間。約八張榻榻米大，整理得十分整齊，一點也不像青春期少年的房間，反倒讓人聯想到實驗室。桌上擺著筆記型電腦。

「隨便坐。」小山田俊這麼說，但周圍一張椅子也沒有，我只好坐在木地板上。

小山田俊剛要走向電腦，忽然轉身微微揚起嘴角。

「有什麼不對勁嗎？」我問。

「沒，只是在想你好好的坐在那裡啊。」

「不然呢？」

「上次陣內先生坐在我膝上。你能想像嗎？那個大叔竟坐在這裡……」小山田俊拍拍膝蓋。「而且，他還不滿地反駁『是你說隨便坐的』。武藤先生，那個人是怎麼回事？」

「我也不曉得啊。等等，主任來找過你？」

「沒錯，你不知道嗎？那個人是不是很閒？」

事到如今，我已不會爲陣內的擅自行動感到驚訝，只會搖頭嘆息。

「當那種人的隊友不累嗎？」

「聽你這麼說，我眞開心。」我感慨萬千。「跟主任交談，比跟孩子交談還頭疼。」

接著，我向小山田俊問了幾個問題。這些問題本身沒有太深的含意，形同閒話家常，但每個孩子的反應天差地別。有些沉默不語，有些歪著腦袋似乎聽不懂我在說什麼，有些扯出一堆歪理想辯倒我。另外，有些孩子在朋友家來來去去，幾乎不曾回家，要見一面十分困難。相較之下，小山田俊算是相當友善，能夠順利交談。他願意和我聊天，面對我的問題也直率回答，在我眼中是表裡一致的人。

「武藤先生，那個無照駕駛肇事的少年，是你負責的吧？」

「咦……」我大吃一驚，差點脫口問「你怎麼知道」。

前幾天我和陣內送往鑑別所的十九歲少年棚岡佑眞，最後確實由我負責。一想到陣內爲直覺料中自豪的表情，我的胸口就燃起一股怒火。

「武藤先生，我看你就是那樣的人。」

「怎樣的人？」

「特別倒楣的人。那個無照駕駛的案子被新聞媒體炒得這麼大，家庭裁判所的調查官處理起來很麻煩吧？」

「沒那回事。」我嘴上這麼說，心裡的確覺得頗麻煩。不過，一般的調查官應該不會冒出這種想法。

「那小子一大早就開車橫衝直撞，把人撞死了吧？」

小山田俊說得難聽又露骨，但我明白他並非故意挑釁，只是不擅長挑選合適的話語及考慮別人的心情。他會省略不必要的修飾。

「武藤先生，你注定要接下麻煩的工作，這是命運的安排，就像負責我的案子一樣。」

「這麼一提……當初你的案子也是社會關注的焦點，引起不少話題。」

「是啊，明明沒人死掉。」

小山田俊到處寄發恐嚇信，卻沒造成實際傷亡。然而，任何人收到只寫著大大的「去死」兩字的信，內心的恐懼絕不亞於眞正遭遇危險。這種情況接二連三發生，漸漸引起世人注意。既能刺激民眾的好奇心，又具有社會性，但不會有演藝人員的經紀公司提出抗議，也沒血腥暴力到遭觀眾投書抱怨的程度。這樣的案子，正是八卦節目的絕佳題材，電視台高興都來不及，自然不會放過。

有一段時期，每公開一封恐嚇信，社會大眾就爲「又有新作！」興奮異常。當電視節目和雜誌差不多要替寄恐嚇信的歹徒取一個好叫的暱稱時，歹徒居然出面自首，那就是小山田俊。由於他才高中一年級，媒體沒辦法再大張旗鼓地炒作。如同其他未成年犯罪案件，隔靴搔癢的報導方式造成的不公平感，反倒激起社會大眾的憤慨。然而，警方公布小山田俊一案的隱情後，又掀起一陣軒然大波。原來小山田俊寄出「去死」恐嚇信的對象，全是在網路上寫過恐嚇文的人。

遭到恐嚇的受害者，都曾是恐嚇者。

「我只是想知道，那些曾對別人說『去死』的人，當他們被別人說『去死』時會有什麼反應。」第一次面談時，小山田俊噘起嘴，導致表情猶如稚嫩的小學生，卻坦白告訴我理由。

「你還眞有辦法得知那些人的地址。」

經過警方的偵訊，他找出「恐嚇者」地址的手法已釐清。

不管是那時還是現在，小山田俊僅僅是不肯上學、成天關在房裡玩電腦的少年，並不具備偵探的技術。

「我一天到晚膩在網路上，不時會看見有人對其他人說出恐嚇的言詞。不，不是說出，而是寫出。一旦發現這種情況，我會想辦法取得對方的ＩＰ位址。如果對方有使用ＳＮＳ（註）軟體的習慣，就從聯絡人中找出線索。」

「從聯絡人中找出線索？」

「就算使用匿名帳號，仍會留下蛛絲馬跡。本人以爲隱藏得天衣無縫，但從朋友之

註：指社群網路服務，包括Facebook、Twitter、Instagram等。

間的訊息追查下去，往往便能鎖定對方的身分。假如曾使用網路購物或拍賣，也會成爲線索來源。你記得嗎？數年前美國發生一起案子，有人不斷撥打Gmail和Apple的客服電話，每一次套出一些情報，最後成功奪取一家雜誌社的帳號。」

「不，我不曉得有這種案子。」

「只需要一點推理能力，及不斷打電話的耐心，便能順利成功。」

「不可能吧……」

「當然可能，世上任何事物都存在死角。」連這麼基本的常識都沒有嗎？小山田俊望著我，像在看一個可憐的孩子。「舉個例子，直接打電話給網購公司，對方絕對不會告訴我客戶的信用卡號。」

「告訴你就糟了吧。」

「不過，我可以幫某人追加新的信用卡號。」

「追加？」我一頭霧水。幫別人追加信用卡號，有什麼好處？

「接著，我掛斷電話，重新打給客服。那麼，對方會再次確認身分。」

「你不是本人，打幾次都一樣。」我心想，而且未成年也不可能擁有信用卡。

「爲了確認身分，客服人員有時會詢問信用卡號的末四碼，我只要說出剛剛追加的信用卡號就好。」

「什麼意思？」

「利用這種手法，對方就會以爲我是本人。」

我聽不太懂，總之小山田俊利用旁門左道取得目標對象的個資。

「倘若知道對方的興趣，也可僞裝成販賣相關產品的商店，送禮物給對方。這時宅配業者的包裹追蹤系統就派上用場。不過，我沒打算找出全世界的恐嚇者。我寄恐嚇信的對象，僅限查到地址的人。至於查不出地址的人，我什麼也沒做。不過，武藤先生，以反應來看，成效超過一半。」

「什麼成效？」

「收到恐嚇信後，超過一半的人出現恐懼或憤怒的反應。在網路上恐嚇別人，換成自己遭到恐嚇，卻驚惶失措，眞是一群自我中心的傢伙。」

針對恐嚇者寄送恐嚇信，究竟是對或錯？小山田俊向社會大眾拋出這樣的議題。有些人支持小山田俊，有些人反對。

小山田俊年僅十五歲，想必也對社會大眾造成影響。這種不把大人放在眼裡的態度，許多人不以爲然。同一句話，由不同背景的人說出口，得到的反應也會有所變化。

「主任，這件案子你有什麼想法？」審判前的調查期間，我詢問過陣內的意見。

隨著與小山田俊的交談次數增加，我愈來愈看不透這名少年。這不表示他有多神祕，實際上他性格率直，看起來就是平凡的高中生，但我怎麼也不明白他不肯去學校的理由。既沒遭到霸凌，也不是課業跟不上。依母親的說法，他沒花多少時間念書，卻考上明星高中，可見腦筋不錯。

「你說那個電腦少年嗎？簡直像個博士吧。」陣內興趣缺缺地回答。「剛讀完案件紀錄，我以爲他是高傲的小鬼，算是常見的類型，嘴邊掛著『那種事上網就查得到』，擺出高高在上的態度。那樣的傢伙有什麼好驕傲的？搜尋引擎誰都會用。就像你會上網搜尋，我也會。難道他們想炫耀的是關鍵字的選擇方式？」

「可是……」

「我知道，那個小山田不是這樣的人。那小子腦袋轉得更快，更邪門。」

「居然有人能讓陣內主任評價爲邪門。」

「什麼意思？」

「這會不會是負負得正？」

陣內皺起眉，「坦白講，我不太欣賞像小山田這樣躲起來惡作劇的傢伙。不過，向恐嚇者寄恐嚇信，還算有創意。」

說是「有創意」恰當嗎？我不禁擔心起來。

「該怎麼處分呢？犯罪情節雖不重大，不處分又說不過去。」

「恐怕會讓那個聰明小子更得意忘形。」

「不無可能……」話一出口，我又覺得小山田俊不是那樣的少年。陣內接過話：

「唔，那小子也不屬於那種類型。換成是我，會再觀察一陣子。」

不全是受陣內影響，我決定提議進行「試驗觀察」，並獲得採納。

「那位陣內先生，眞的有點邪門。」小山田俊說。

「又是一次負負得正。」

「負負得正？」

「沒事。你和主任聊什麼？他經常來找你嗎？」我忍不住想確認，陣內有沒有給小山田俊添麻煩。

「偶爾吧。」

「噢……」

「有一次他問我是不是對電腦很在行……」

當時小山田俊錯愕地反問「是又怎樣」，陣內絮絮叨叨地說：「最近的年輕人啊……不，就算不是年輕人也一樣，遇到不懂的事都喜歡上網搜尋，而且對網路上寫的東西深信不疑。既然如此，不好好利用實在對不起自己。」

當時他的語氣，簡直像在邀我一起搶珠寶店，小山田俊繼續道：「說穿了，就是希望我在網路上散布一些對他有利的謠言。」

「什麼？」

「他認爲寫得煞有其事，大家就會信以爲眞。」

「他到底希望你散布哪些謠言？」

「大部分跟他與負責的涉案少年發生過的爭執有關。」

「怎樣的爭執？」

「例如，漢字的念法。『細君』只能念成『saikun』，但陣內先生一直念成『hosogimi』。由於這件事，他曾遭其他少年取笑。」

「原來如此。」

「他一直耿耿於懷，所以希望我在網路上，散布『細君』曾念成『hosogimi』的謠言。」

「呃……」

「還有，『殿下蝗蟲』（註一）的命名者是平賀源內（註二）。」

「眞的嗎？」

「絕對是假的。只是，陣內先生似乎一直這麼認爲。」

簡單來說，就是爲了掩飾自身的無知，故意在網路上散播捏造的訊息。以小山田俊的能耐，或許能在各種知識交流網站或留言板散布這些假情報。

「還有敲破汽車擋風玻璃的方法，及足球比賽的紀錄等等。」

「全是隨口胡謅？」

「倒也不是隨口胡謅，他似乎曾以爲那些是事實，多半是遭人灌輸錯誤的觀念吧。」

他希望下次再受到取笑時，能夠反駁『你上網搜尋看看』。不曉得那樣算不算是歷史修正主義者？」

「我想應該不算。」

「他是你的上司？」

「是啊。」「我眞同情你的處境。」

我感動得想痛哭流涕。

「搞不好他想利用這個話題，拉近和你的距離。」

「但我一拒絕，他丟下一句『跩得跟什麼一樣，連這種小事都辦不到』，便離開我家，絲毫看不出想和我拉近距離的意思。」

「請容我致上最深的歉意。」爲何我非道歉不可？接著，我針對小山田俊的近況提出幾個問題，不出所料，只得到「沒太大變化」之類的平淡回應。最後，他還貼心地收尾「武藤先生問這些是職責所在，我明白你的苦衷」。

「啊，有件事想請武藤先生幫忙。」

「噢，什麼事？」我挺直腰桿，內心其實有點雀躍，或許每個人天生都有想助人的欲望吧。我想起不久前妻子讀過一本親子教養的書，提到請孩子幫忙做事後，比起稱讚「好乖」，「幫了大忙」更讓孩子開心。不曉得是眞是假，但能幫上他人的忙，確實能

註一：原文「トノサマバッタ」，飛蝗的種類之一。

註二：平賀源內（一七二八～一七八〇），日本江戶時代著名學者、醫生兼發明家。

提升心中的滿足感。

「就是這個……」小山田俊操作電腦，稍遠處傳來機械的聲響。轉頭一看，印表機送出一疊紙。小山田俊什麼話也沒說，見他沒從椅子上起身的跡象，我察覺那是自己的任務。拿起紙一看，上頭印著數個ＵＲＬ（網址）、日期、時間，及一些短文。

「這是什麼？」

「網路上的殺人預告。」

「咦？」我一驚，視線再度移回紙上。

「網路上到處都有一些聳動的留言吧？例如，我裝了炸彈、我會做炸彈、我要幹掉你、我會殺了你什麼的……」小山田俊的口吻平淡得猶如講台上的教授。「絕大部分是爲了營造當下的氣氛，或宣洩壓力。」

「這幾年警方大力取締，這一類惡作劇卻不見減少。」

「有些人以爲不會被抓，有些人覺得反正被抓也不會判死刑，有些人則是根本沒辦法心平氣和地思考會不會被抓。」

小山田俊冷靜分析著，我只能頻頻點頭。

「想攻擊比自己幸福、生活順遂的人，這是人類的天性。別人的痛苦就是自己的快樂，似乎是大腦的基本迴路。其他動物不也是如此？」

「咦，是嗎？」

「藉由白老鼠的實驗，這一點已獲得證實。連老鼠都會忌妒比自己更自由的老鼠，人類當然更不用提。」

聽著小山田俊的解釋，我不禁暗叫「不妙」。並非刻意袒護，這陣子相處下來，我認爲他不是懷抱惡意的少年。如果可以，我希望他不必接受保護處分。然而，此刻他在我面前滔滔不絕，大談人類的「恐嚇心理」，很難說有反省之意。

「發出殺人預告後，眞正執行的人並不多。絕大部分的情況下，藉由殺人預告已獲得滿足。發出殺人預告與實際殺人之間，有一道很深的鴻溝。遺憾的是，跨越這道鴻溝的機率並不是零。」

「是啊。」我心想，何況有些人會直接動手，根本不會發出預告。

「武藤先生，你也知道，這方面我好歹算是專家。」

「這方面是指哪方面？」

「每當我在網路上發現恐嚇文或聳動的預告，會設法蒐集發文者的背景資訊。久而久之，我漸漸能夠做出某種程度的判斷。」

「判斷什麼？」

「判斷對方是不是虛張聲勢，會不會言而有信。」

「言而有信……聽起來，眞的動手彷彿是一種美德。」

「比例不到百分之一。」

「鴻溝果然很深。」

「是啊，但百分之一並不是零。我列印出的，全是言而有信的例子，目前共有五件。」

我再度將視線移回紙上。橫書的內容中，充滿「我要殺死孩童」或「我要在車站大開殺戒」之類怵目驚心的話語。明明是最普通的細明體文字，卻散發出一股邪惡的詛咒氣息。恐嚇文的下方附有新聞報導，八成是在網路上寫恐嚇文的人實際犯下的案子。

「我要強調一點，不是在案發後我才上網找出恐嚇文。順序恰恰相反，早在案發前，我就盯上這些人，猜到他們會眞的動手。」

「然後，凶案就發生了？」

當下實在難以置信，簡直像占卜師招搖撞騙的手法。可是，我想不出小山田俊撒謊的理由。

「那小子就像不屑申請專利的愛迪生。」陣內曾這麼形容小山田俊。

「什麼意思？」

「喜歡發明和做實驗，卻沒興趣發表成果。」

「原來如此。」確實是貼切的形容。

小山田俊的自我表現欲非常低，低到我感覺不出來。

「這麼說來，你擁有看穿犯罪預告眞僞的本領？」

「稱不上是看穿，只不過讀到眞的想動手的人寫的恐嚇文，我會有一種特別的感覺。當然，我認爲可疑的人，也不是每個都動手。」

我隨手翻閱，盡是「那傢伙死定了」或「我要把那女的綁起來」之類的驚悚字眼，不禁一陣憂鬱。

「看看最後一頁。」

「這一頁？」上面同樣印著不少惡毒的字句。

「那是還沒變成新聞的犯罪預告。恐嚇者發出預告，還沒動手。」

我心頭一驚，差點鬆手。感覺像一條原以爲死透的魚，突然在手裡拚命掙扎。

「這是某個留言板上的訊息？」

「不是有附URL嗎？」

「報警沒？」

「或許有人已通報，但爲了避免暴露身分，留言的人故意使用無法查出IP位址的手法。而且內容十分籠統，警方大概會認定只是惡作劇。不過……」

「不過？」

「根據我的直覺，這傢伙是認眞的。」

我望向手邊的紙張。雖然憑的是小山田俊的直覺，但前幾頁的內容證明不能一笑置之。

「這傢伙恐怕會在小學引發案件。」

「那……」話一出口，我卻不曉得怎麼接下去。該說「那眞傷腦筋」、「那眞糟糕」，還是「那可不能袖手旁觀」？

「想驗證我的直覺，等著看新聞就好。」

「只能希望你的直覺不正確了。」我不暗暗祈禱。

「要防患未然，靠武藤先生查一查，應該比祈禱有效。」

「幹麼不報警？」

「仔細想想，警察會相信我的話嗎？何況，我不想惹麻煩。」

「惹麻煩？」

「接受試驗觀察期間，我想裝個乖寶寶，又扯上警察，肯定會影響評分。警察八成會懷疑我在惡作劇。」

當他吐出「裝個乖寶寶」這句話時，便聽得出毫無反省之意。不過他心中的疑慮，我並非無法理解。

「武藤先生，今後我負責蒐集情報，你負責找出歹徒或阻止歹徒犯案，這樣不是很好嗎？」

「眞傷腦筋……」

2

鑑別所的調查室裡，棚岡佑真低著頭，無精打采地坐在我的對面。

從出生年份起，我逐一確認他的生活軌跡，得到的答案卻是千篇一律的「是」。向他說明「要是紀錄有誤，請告訴我」，爲了避免又收穫一個「是」，我立刻補充「當你想吐出『是』時，試著改成『不是』」，打算展露我幽默機智的一面。然而，他仍回答「是」，我羞得想一頭鑽入地底。棚岡佑真瞧也沒瞧我一眼。

「那天你偷了一輛車？」

「是。」

「那輛車一直停在案發現場附近的月租式停車場，引起了你的注意？」

「是。」

「怎麼發動的？」其實細節警方早調查過。那輛老舊的黑色Odyssey的車主，將鑰匙藏在最老套的地方，也就是遮陽板的後頭，棚岡佑真要找出一點也不難。

問到這裡，他連「是」也沒說。

「你平常都什麼時候開車？啊，你怎麼學會開車的？」

這兩個問題的答案也寫在警方提供的資料中。網路上四處都搜尋得到教導開車的影片，棚岡佑眞就是看著影片學開車。他總趁天剛亮、行人不多時偷車，在公園附設的大型停車場裡練習及享受駕駛的快感。

「但你不是十九歲了嗎？考張駕照，不就能光明正大地開車？」「是。」「你覺得無照駕駛比較刺激？」「是。」「開車技術有進步嗎？」「是。」「那天發生車禍，是不是有特殊的原因？」「是。」「原因是什麼？」「是。」

以打桌球來比喻，這場談話並非流暢的對打，我必須不斷觀察對手的反應來拋出問題，好似一次又一次刁鑽的邊角球。

「從現在起，說『是』要罰錢。」「是。」我感覺自己像個小學生。

接著，我想暫時撇開他無照駕駛引發的車禍，針對另一場車禍提問。但每次話一到嘴邊，又吞下肚。

那是關於他雙親的車禍。

當然，我絕非是出於好奇或遊戲的心態。要確實理解他的人生經歷，這是相當重要的一環。即使如此，我仍有些遲疑。

從前面的對答，看得出他並未敞開心扉。一問出這個問題，他恐怕會連窗戶也關上，接著扣上鎖扣，再拉上一條鐵鍊。這就好比是寫著大大的「閉」字的按鈕，我實在沒勇氣嘗試按下去。

「跟你伯父見過面了嗎？」

「是。」

「他很擔心你吧？」「是。」

「你伯父告訴我，你不是壞孩子。」「是。」

面對這種情況，我不曉得還能把球瞄準哪個方向。

但就在我問出下一個問題時，棚岡佑真的反應出現變化。

「你不是故意要撞那個晨跑的人吧？」

我並無特殊用意，只是想試試水溫。以棒球來比喻，就像投出稍微偏離好球帶的球，觀察打擊者的習性。不料，之前連打擊姿勢都不願擺的棚岡佑真，竟企圖揮棒，我十分驚訝。他的眼神明顯改變，流露緊迫盯人的氣勢，像受到驚嚇般全身僵硬，回答「不是」。

我沒察覺收到「是」以外的答覆意義有多重大，反問：「啊，這是什麼意思？」

然而，他沒再多說一句。

返回家庭裁判所，我告訴木更津安奈談話的內容，她指出「武藤先生，這反應並不單純」，我才驚覺剛剛應該針對這一點繼續追問。

「原來那是一記好球。」

「什麼好球？」

「沒什麼。」

「該不會他是故意的吧？」

「故意的？妳是說，他故意撞那個人？但他為何要這麼做？」

「你問我，我問誰？」木更津安奈面無表情地揮揮手。「不過，那個受害者眞倒楣，似乎還很年輕……」

「四十五歲。」棚岡佑眞開車撞上的男子當場死亡。

「眞是年輕，跟主任差不多大吧。」

「是啊。」我不記得陣內的實際年齡，但應該相差不遠。

我不禁想像起，四十五歲喪生的受害者失去的未來。不知該稱爲痛楚或孤獨的黑色泥漿，湧進我的腦海。內心產生一股強烈的不安，彷彿身體內側完全掏空。一切來得如此突然。一眨眼，生命已走到盡頭。接著，奪走一條生命的棚岡佑眞浮現，胸口更是隱隱抽痛。對這條消逝的生命，他得爲負最大責任。

「啊，提到主任……」木更津安奈突然壓低話聲：「忘記是什麼時候……大概在不久前，我走進一家沒去過的咖啡廳。那是個人經營的店，有著傳統咖啡廳的氣氛。我看到主任跟一個怪叔叔坐在店內深處。」

「怪叔叔？怎麼個怪法？」

「啊，倒也不是那個人怪……是他和主任的組合怪。」木更津安奈立即訂正。

「會不會是他負責的案子的相關人士？或許是陪同人……不過，如果要討論案情，大可選在這裡。」所謂的陪同人，指的是少年案件的律師。

「主任看起來非常生氣。」

「生氣？」

「我不曉得談話的內容，但他們拿著像文件的東西。兩人到底是什麼關係呢？我打算遇到主任時要問個清楚，卻忘得一乾二淨。」

「那是房東啦。」

背後響起一道話聲。我驚訝地回頭，發現是陣內。

「房東……指的是出租公寓或住宅的房東？」

「是啊。」

「你沒付房租嗎？」

「不是啦。」陣內搔著耳後，粗聲粗氣地解釋：「他沒小孩，很煩惱死後財產怎麼處理，所以我跟他商量，不如由我來繼承。」

可信度到底有多少？我聽得目瞪口呆。陣內最可怕的地方，在於說的話往往分不清是眞是假。

「主任，你一定是把那個大叔騙得團團轉吧？我看他都哭了。」

「我沒騙他，他也沒哭。」

「只差眼淚沒掉下來而已。」

陣內和木更津安奈都有想法偏激的毛病，往往會魯莽下判斷，嚴格說來兩邊都不值得信賴。

陣內沉默一陣，我正納悶他怎麼變安靜，轉頭一瞧，他以典型的偷窺姿勢，探頭看著我攤開在桌上的資料，我頓時慌了手腳。

「又不是在看小三寫給你的情書，幹麼嚇成那樣？」

「我才要問主任，爲何要默不作聲地偷看我的資料？」

「既然是偷看，當然要默不作聲。我本來很期待看見小三寫給你的情書。」

「請別一口咬定我有小三。」「你沒有嗎？」「當然沒有。」

「幾時分的？」「打一開始就沒有。」

「主任呢？」木更津安奈突然插話。「我知道你沒結婚，但有沒有女朋友？啊，還是男朋友？」

「怎麼不談談妳自己？」陣內主任粗魯地反問，木更津安奈面無表情地回答：「聽說，在辦公室裡問這種事算性騷擾。」

「我只是把妳投來的球打回去而已。」陣內嘆一口氣，將話題拉回棚岡佑眞的案子。「受害者有什麼家人？是不是有一個女兒？」

「啊，他離婚後一直過著獨居生活。前妻和女兒都住在鄉下。」

「每天早上晨跑，想必是做事認眞的人。」

我又忍不住想像起，由於人行道飛來橫禍失去人生的男子。雖然想將恐懼甩出腦袋，但身爲調查官的我斥責自己，絕不能逃避現實。

受害者天上有知，恐怕會憤恨難平吧。

「那個傢伙狀況如何？」

「哪個傢伙？」「那個開車撞到人的少年，叫棚餅還是棚岡的。」

「他罹患一種只會說『是』的病。」「什麼意思？」

我將面談時的狀況原原本本描述一遍，陣內不感興趣地噘嘴：「最後吃虧的是他自己。」

「多半沒辦法理性思考利益得失了。」原則上這樣的案子會退回給檢察官，進入刑事審判程序。關於這一點，不曉得少年本身的理解有多深。

「他的父母呢？」

「棚岡佑眞從小在親戚家長大，家庭似乎並不圓滿。」我目光落在資料上。

「怎樣不圓滿？」

「他的雙親死於車禍。」

這正是面談時，我遲遲不敢提出的話題。棚岡佑眞四歲那年，父親開車載著全家上高速公路，前方的車猛然撞上中央分隔島。棚岡佑眞的父親似乎無法對車禍視而不見，停車想去瞧瞧情況，不料後方一輛車衝撞過來。母親急忙上前拉住父親，於是兩人都被撞個正著。這起淒慘的車禍，我當年依稀在電視上看到新聞報導。在我眼中，那只是遠方陌生人遭遇的悲劇，但世上類似的悲劇多如牛毛，我沒特別關注此事，也沒留在心裡。

新聞報導曾提及，車上還有夫婦倆的獨生子。突然失去雙親的孩子將面臨怎樣的人生？當下我憂鬱地思考著……應該吧，但很快就拋到腦後。我完全沒預料到，將與長大的那個孩子面對面。

「父母車禍過世，孩子長大後開車撞死人，想想眞是難受。」我嘆著氣望向陣內。

「是啊。」

陣內皺起眉，像在沉思。

「哪裡不對勁嗎？」

「再給我看看棚岡的檔案。」陣內話還沒說完，便搶走我桌上的資料。

「身爲主任，你不是早該看過了嗎？」我忍不住酸陣內。

「當初只瀏覽一下。」陣內要是自己有錯，反倒會更理直氣壯。只見他臉上沒一絲愧疚，大剌剌地翻閱資料。

「雙親死於車禍的孩子，十五年後成爲車禍肇事者」這種命運的捉弄、悲哀的巧合，連陣內都感到不可思議。

「有什麼感想？」

「有什麼感想？沒水準的採訪記者才會這樣問。」

「這是普通的對話，不是採訪。」

「也對。」陣內答得心不在焉。接下來，他似乎並非刻意對我說，而是不愼流露心聲：

「有二就有三。」

陣內彷彿想將落在紙面的那句話夾扁，用力闔上檔案，遞還給我。

「等等，主任，這是什麼意思？這名少年的父母死於車禍，這次換成他肇事，難道你認爲會再發生一起車禍？請不要說不吉利的話。」

「我的預言不見得會成眞。」

「不是成不成眞的問題，這種話聽著心裡就發毛。」

陣內似乎嫌麻煩，無言地走出辦公室。

「眞難得。」木更津安奈開口。

「怎麼？」

「主任居然會說『我的預言不見得會成眞』。他不是總愛強調『我的預言一定會成眞』之類，莫名有自信嗎？」

「是嗎？」

「或許是知道自己失言，想找台階下吧。」

「主任會在意失言？」我不禁咕噥。在我聽來，跟甘地會打老婆一樣詭異。

3

清晨六點半，雙向四車道的十字路口附近。還沒到上班、上學的時間，車子不多，一分鐘內只有一、兩輛通過。

我沿著棚岡佑真行駛的路線行走。

由南一路向北，時速約六十公里，遠遠超越速限的車子。我試著從無照駕駛的棚岡佑真視角來看。

爲了右轉，車子切入右側車道，但並未減速，直接衝向十字路口，像畫出一條拋物線拐彎。由於速度太快，車子行進路線形成一個大大的弧，勉強維持在車道內。然而，車體失去平衡，又前進一小段距離後，撞上人行道，釀成大禍。

車道上殘留明顯的煞車痕跡。焦黑的線條宛如唱片上的溝槽，彷彿唱針劃過，就會播放出車禍的衝撞聲、受害者的慘叫，及人生遭剝奪的殘酷效果音。

車道與人行道之間的護欄缺了一段，多半是遭車子撞毀。在這片景色中留下瘡疤的怪物，奪走護欄旁受害者的性命，也讓加害者的人生毀於一旦。

只見地上擺著一束供養亡魂的花。

或許是受害者親友曾來獻花弔唁，但更可能是透過新聞報導得知的一般人，按捺不住情緒，前來現場。遭無照駕駛的車奪走性命，無疑是世上最令人扼腕的一種死亡方式。社會大眾有多同情受害者，就有多憤恨加害者。這束花不僅凝聚同情、惋惜、憤懣與哀憐，也是民眾關注這起案子的最大證據。

我站在花束前，不由得想像起車禍發生後的混亂狀況。

腦海浮現棚岡佑真的臉孔。在鑑別所的調查室裡，那個少年低著頭，只會不斷重複「是」。當車子接連撞上護欄、行人，坐在駕駛座的他，心裡到底在想什麼？

記得那輛車的擋風玻璃破裂。他是不是茫然地看著蜘蛛網狀的裂痕？

棚岡佑真絕口不提車禍當時的情況，我特地起了個大早，趁上班前到現場一趟，希望找出一些端倪。出門前，妻子無奈地提醒「去了可能只是白費工夫」，這個預言成眞。之後，她笑著說，比起這些徒勞的行動，不如幫兒子準備早餐，或餵女兒副食品，至少會有一個人得到好處。

想到這裡，一名跟我母親差不多年紀的婦人走近身旁。

婦人朝花束雙手合十。我擔心打擾她，打算悄悄離開，卻突然傳來一句：「你是往生者家屬？」

「不是。」我慌忙搖手。其實，我也有相同的疑問。

「眞是悲哀啊。」

「是啊，沒錯。」雖然不清楚是針對哪一點的感想，我仍應道。

「凶手未成年，根本不會判重刑吧。明明奪走一條人命……」

《少年法》不是以懲罰爲目的，而是更生感化。即使如此反駁也沒用，她想聽的不是這樣的說明。

「開車撞了人，應該讓車撞一下，這叫以牙還牙。」

「也對。」

我能理解她的心情。實際上，不限於未成年犯罪，只要殺人的罪犯沒判死刑，還是基於「只有一名死者」之類的荒謬理由，任何人都會有不知該從何抗議起的挫折感。人命的價值，難道不是一比一？殺人還得先下手爲強？目瞪口呆之餘，會想找找有沒有一本規則。那本規則，不會太過時嗎？

「犯人多半不會反省。」婦人繼續道。「反正這種年輕人根本不把社會放在眼裡，就算開車撞到人，也只會覺得麻煩。」

「這我就不清楚了。」有沒有反省的意思、有沒有意識到犯下什麼錯、到底多後悔……恐怕連少年自身也答不上來。何況是素昧平生的陌生人，單憑電視新聞的報導，要精確判斷出少年的心境是難上加難。話雖如此，也不能否定婦人的想法。畢竟社會上充斥著「多半」、「反正」之類的心態。「他的腦袋裡，到底在想些什麼呢？」

即使如此，我們還是必須設法理解少年的心情，找出眞正的答案。不管多困難都不能放棄，而且不能忘記這是一件困難的事。

「明明沒駕照卻開車橫衝直撞，未免太可惡。要是時間再晚一些，搞不好會撞到要上學的小學生。」婦人一臉驚懼地摀著嘴。「我認爲未成年人應該跟大人一樣接受制裁。」

「是啊。」我無意反駁，也沒必要告訴她這樣的案子很可能會進入刑事訴訟程序。「不過我有時會想，從幾歲開始才適當？」

「幾歲開始？」

「是這樣的，我有一個四歲的兒子，和一個兩歲的女兒……」

「是嗎？一定很可愛吧。我也有孫子。」

「舉個例子，我兒子就讀小學時，不小心騎上一輛沒熄火的機車……」

「小學生會騎機車？」

「假如是不小心催下油門，機車衝出去撞到人，該如何是好？」

「你想像力眞豐富，但那不是故意的吧？」

「換成國中生呢？」

「國中生有些也是挺壞的。如果沒有惡意，或者是無心之過，當然不能太苛責，但如果是故意胡鬧……」

要是那個國中生的家庭環境不好呢？

人畢竟不是機械，在成長過程中總會受周遭人物言行舉止的影響。

當然，一定有人會說「很多人家庭環境不好但一生循規蹈矩」，或是「絕大部分家庭環境不好的人都沒犯下如此可怕的罪行」。我在調查案子的過程中親耳聽到這種意見，也在書上看過類似的論點。事實上，這樣的論點我也挺能接受。

追根究柢，家庭環境完全沒問題的人可能趨近於零。雖然貧富差距明顯，有錢確實能解決許多問題，但不代表擁有完美的家庭或監護人。如何稱得上是完美的家庭，並無明確的定義。自從有了小孩，我深刻體會到一點，就是每天我都在煩惱「什麼是正確的」。即使讀過數本育兒書籍，仍沒有確切的結論。以前，陣內曾一臉認眞地來問我：「寫育兒書的傢伙，他們的小孩變成怎樣的大人？」其實我也想知道。這不是譏諷，而是眞心話。育兒書作者的小孩長大後，是否成爲好人，成爲值得尊敬的大人？在此之前，所謂的「好人」，指的是怎樣的人？

「聽說犯人是個父母雙亡的孩子。唉，眞是太悲哀了。」婦人接著說。

交談至此，我漸漸察覺這名婦人不是同情這場車禍、湊巧路過的人，恐怕是消息靈通、愛嚼舌根的好事之輩。

「是啊，失去父母實在可憐。」我將婦人的話重新包裝後拋回去。

「不是的，因爲這樣，大家對他都太寬容了。」

「啊……」原來是這個意思。

「就算沒有父母，也不該無照駕駛撞死人。要是放著不管，其他認眞過生活的孩子可是會生氣的。」

「或許吧。」明明不是當事人，卻站在當事人的立場說話。每當遇到這種人，我多少會提高警戒。「那個人一定是這麼想」，能夠輕易如此斷言的人，往往有過於自信的毛病，或許根本沒想過反倒會造成當事人的困擾。

我不禁將思緒拉回棚岡佑眞的身上。

他在一起高速公路車禍中失去雙親，之後一直由伯父拉拔長大。

伯父夫婦當然不是壞人。他們突然必須負起照顧侄子的責任，也算是那起車禍的受害者。好比一向狀況極佳的先發投手頻頻出錯，導致中繼投手得提前上陣，連在牛棚裡練投暖身的時間也沒有。不，他們根本沒想過會上場投球，更接近在觀眾席遭指名上場。

「總之，這場車禍太可怕了。角度再偏一點，可能連在遛狗的老爺爺也會遭殃。」

「當時有人在遛狗？對方是住在哪裡的人？」

「你是警察嗎？」

「咦？」

「找目擊者不是警察的工作嗎？」

我會這麼問，並沒有特別的用意。我只是認爲，若能親口詢問現場的目擊者，或許可釐清棚岡佑真究竟是如何開車。當然，這些警方已全部調查完畢。不過，根據我的經驗（雖然稱不上什麼大不了的經驗），目擊者親口說出的話，與公式化的文字資料之間，往往有所落差。好比媒體報導的未成年犯罪，不少與背後的真相天差地別。

4

婦人離開不久，一個男人牽著狗走過來。是案件的目擊者！剛剛婦人提到「遛狗的目擊者」，於是我連忙厚著臉皮搭話：「抱歉，打擾一下。」

那條毛色介於白色與米色之間的拉布拉多犬，身上裝著導盲犬專用的配備。脫口而出「請問你是車禍目擊者嗎」後，我才察覺這一點。

男人停下腳步，輕喊一聲「帕克，停！」，那條狗跟著停在原地。

對方身材修長，戴著墨鏡，看不出年紀。從帶著那條狗看來，很可能是視障人士，我卻問他是不是目擊者，實在失禮。然而，脫口的話無法收回，我趕緊道歉：「啊，對不起。」轉念一想，這種情況下道歉反倒更傷人，於是補上第二句「對不起」。

對方噗哧一笑，循著話聲轉向我：「這裡是發生車禍的十字路口？」

「你知道這裡發生車禍？」我心想，搞不好他真的是當時在遛狗的目擊者。

「不，我今天是第一次走到這附近。聽說發生車禍，我馬不停蹄地來湊熱鬧。」他露出苦笑，溫柔撫摸著狗。「不對，是狗不停蹄。」

「這是導盲犬嗎？」

「牠叫帕克。」

「查利．帕克。」

我忍不住說出的這個名字，是陣內不時提起薩克斯風演奏家。他的即興演奏，猶如鳥化身雲霄飛車滑過天空般精彩，陣內極力讚美。面對這樣的話題，除了「喔」和「嗯」之外，我實在不知怎麼回答。有一次，我心想總不能老是隨口敷衍，於是應一句：「那麼，主任也去當薩克斯風演奏家不就好了？」他竟反問：「武藤，難道吃過世上最美味的咖哩，你就會想賣咖哩？」只是順著他的話附和，爲何得遭受責難？我實在無法理解。

「身邊有導盲犬，行動範圍會擴大嗎？」我只是覺得該說點什麼。

「走在陌生的土地上，果然會害怕。帕克可能也心驚膽跳吧。」

「即使如此，你還是大老遠過來？」

「沒錯，我特地搭計程車。」男人聳聳肩。他理著一頭短髮，比起運動員，更像時裝雜誌的模特兒，不過似乎沒那麼年輕。「然後在附近下車，徒步走到這邊。」

「特地搭計程車？」

「對，帶著導盲犬坐計程車到附近閒晃。簡直是湊熱鬧的範本吧？」男人彷彿在吐嘈自己。

「這條狗不是警犬吧？」

「聽說那場車禍有目擊者，搞不好有機會問問當時的狀況……附近沒有那樣的人嗎？」

「啊，其實我也是剛聽說案發現場有人在遛狗，十分在意。」

這麼一想，婦人說遛狗的是個老爺爺。

「噢，你以爲是我？不過，即使眼睛看得見，我也不想目睹發生車禍的瞬間。」男人微微皺眉。

「你是受害者的親友嗎？」

「不，非親非故。」男人笑著說。

既然如此，爲何要專程跑一趟？我還沒發出疑問，男人便繼續道：

「目擊者似乎是老人，而且態度不太友善。看我帶著狗，或許會願意聊一聊，畢竟同樣是愛犬人士。」

「這是誰的主意？」

「我的……」男人略略低頭，陷入沉默。他彷彿在認眞思索怎麼解釋，不久後再度開口：「一個朋友。他要我先和對方打好關係。」

「他自己不行動，全交給別人？」

「我平常總窩在家裡，他找藉口讓我出門走走……」

「啊，原來如此。」

「那個人絕對不會有這麼貼心的想法。」

「絕對不會嗎？」

「那個人只是嫌麻煩，他向我說：『永瀨，你去問問車禍發生時的狀況。人跟人問，狗跟狗問，應該會滿投機。』」

「好過分的朋友。」我忍不住說出心中的感想，慌忙道歉。對方不以爲意，嘆一口氣：「是啊，實在太過分。將難題丟給人、丟給狗，我不是第一次接到這種任務。」

不知何時，行人愈來愈多，揹書包的小學生經過附近。發現導盲犬，孩童流露警戒與好奇的眼神，在遠處觀看。

「那麼，接下來你要尋找目擊者嗎？」牽著導盲犬的他，在不熟悉的地區行動，恐怕並不容易。果然，他回答：「我打算在附近繞兩圈就回去。」

「這樣的話，你過來有什麼意義？」

「無所謂，反正出來走走滿愉快的，也能跟陣內報告我去過了。」

啊……我的耳朵沒漏掉這個名字，頓時詫異地張開口，渾身僵硬。

「請聽我說……」我戰戰兢兢地說：「我的上司總是自信滿滿，一副無所不能的態度，一天到晚造成周圍的人的困擾。非常不服輸，愛拘泥一些莫名其妙的事，老是異想天開。雖然口頭禪是『好麻煩』，但之前他帶一個囂張的高中生到屋頂上，強迫對方聽了五小時的吉他獨奏，把對方弄哭了。」

面對我突如其來的告白，男人頓時一愣，漸漸察覺我的意圖，於是露出牙齒笑起來，聳聳肩說：「像這樣的人，希望天底下不要有第二個。」

5

東京家庭裁判所的出入口和機場安檢區一樣，必須通過金屬探測閘門及檢查手提行李。

我們內部職員只要出示證件，便能從旁邊的走道直接進入。

「拜託你，下次一定要帶證件。」身旁傳來話聲，轉頭一看，陣內正倒出公事包裡的東西。他不僅是忘記帶證件的慣犯，經常遭檢查行李，而且公事包總裝一些會引發金屬探測系統反應的物品。這次還找出一個鱷魚玩具及一顆小球，我不禁同情起不斷叮嚀「請務必攜帶證件」的警衛。

等電梯時，陣內一邊將東西塞回公事包，一邊走過來。

「武藤，你在等我啊。」

「爲什麼要等你？」嘴上這麼說，但我確實是在等他。

電梯門開啓，裡頭已有數人。一開始上升，頓時有種身體往下墜落的錯覺。

「主任，你以前曾向錄影帶出租店的店員告白嗎？」

這是我從前一天就暗藏的驚喜拉砲。終於到要拉開的時刻，我緊張得嗓音有些沙啞。周圍的職員看似漠不關心，卻流露好奇的目光。

「什麼？」陣內皺著眉。難道是搞錯了？我正感到懊惱，陣內突然「啊」一聲，雙眼彷彿望向遠方，表情一陣歪曲。「怎麼突然提起這種事？」陣內臉色沒泛紅，但眼珠骨碌碌地轉，顯然拚命思考著爲何我會知道。光是能看到他這種反應，我便心滿意足。

「原來主任有這一面。」後方一名比我年長的女職員出聲，似乎聽見我們的對話。事實上，我本來就是故意要說得讓大家都聽見。雖然她與我們不同部門，但陣內在裁判所內相當有名，眾人想必都對他「曾向錄影帶出租店的店員告白」的八卦感興趣。

「聽說他學生時代幹過這種事。」我故意轉頭，壓低音量告訴那名女職員。

陣內不禁嘖舌。走出電梯前，他突然開口：「你見到那傢伙啦？」

不愧是腦筋靈光的陣內，迅速鎖定我的消息來源。

「你也去了現場？」

「永瀨先生看起來是好人。」

「你爲何這麼高興？既然去過現場，有沒有見到目擊車禍的那個人和那條狗？」

「請別說得好像狗也是目擊者一樣。你指的是遛狗的老先生吧？你是看過警方的資料後，對這一點起疑嗎？」

「那老頭一直臭著臉，什麼都不肯說。」

「主任，你跟目擊者見過面？」

「算是吧。」

「你怎麼找到他的？」

「上次我去案發的十字路口，恰巧遇到他。一聊之下，發現他是目擊者。我希望他告訴我詳情，但他板著臉，抱著吉娃娃走掉。」

走進辦公室後，陣內在座位坐下，我站在旁邊繼續道：

「會不會是你肆無忌憚地亂問，引起他的警戒？」

「跟他說話時，我可是客氣地加上『Sir』。」

「咦？」

「英語會話教材不是都寫著，跟不曉得名字但地位較高的人交談，要加一個『Sir』？」

「又不是在講英語。」「日語實在太麻煩了。」「是嗎？」

「說話還分敬體跟常體，一開口就知道上下關係。例如『A先生，承蒙您今天蒞臨寒舍，真是蓬蓽生輝』『B，別客氣』，你覺得A和B哪一邊地位比較高？」

「這倒是事實。」「對吧？日語是一種跟地位分不開的語言。」

「這麼說也沒錯……」雖然能理解陣內的抱怨，但我並不討厭日語的這種特質。儘管由於這種特質，往往不會清楚表達YES或NO，有把話模稜兩可帶過的傾向，我卻覺得比非黑即白、毫無轉圜餘地的文化好。

「主任，我想問的是，你爲什麼會去車禍現場？」

「你是想說，熱心工作的只有你嗎？」

「我怎樣倒是無所謂，沒想到你會那麼熱心。」

「我眞是太驚訝了。明明我這麼鞠躬盡瘁，你居然一點都沒感受到。」陣內伸直雙腿，仰靠在椅背上，雙手在腦後交握，幾乎呈平躺的姿勢。

「那眞是失禮了。」

「其實沒特別的理由。棚餅的案子在社會上鬧得沸沸揚揚，直到現在還有網路新聞拿來做文章，負責的調查官又靠不住，我不入地獄誰入地獄？」

「既然如此，幹麼不一開始就接下這案子？」

「要是早點知道，我當然會接。」

「早點知道？知道什麼？」

「知道那個……呃……你知道的……」陣內不肯多說明，「總之你快回去工作。」

我也沒閒到能耗在這裡追問下去，加上木更津安奈不知何時已進辦公室，走近打趣我們「一大早聊什麼，聊得這麼起勁」，於是我決定先回座位。

「喂，武藤，你在那裡遇到永瀨，然後就沒下文了？」

「『沒下文』是什麼意思？」

陣內吞吞吐吐，雖然故作鎮定，但看得出鬆一口氣。「沒什麼。既然沒下文，那很好。」

「對了，我跟他交換電話號碼。」這叫攻敵不備。

「可惡。」陣內嘖舌。不曉得是爲了掩蓋吐出的惡言，還是單純想說，他又補上「Sir」。

午休時間，我吃著便當，陣內經過突然冒出一句：「爲了你好，給你一個建議。要是永瀨那些人打電話給你，最好別接。」

他似乎想裝成臨時想到的樣子，但明顯是在絞盡腦汁，防止敵軍越雷池一步。

「『那些人』是什麼意思？除了永瀨先生，還有其他朋友？」

看著陣內暗叫不妙，我大感痛快。

「他們本性不壞，就是愛胡言亂語，你千萬小心。」

「我會注意的。」我敷衍地應道。

陣內的身影消失後，坐在對面的木更津安奈開口：「誰愛胡言亂語？」她似乎對八卦消息沒多大興趣，只是不希望辦公室裡有任何不知道的事。一不注意，她便可能出現在身旁。

我懶得詳細說明，只告訴她陣內曾前往車禍現場。
她的反應與我當初一模一樣：「主任這麼熱心工作？」
「是啊。」
「眞搞不懂主任。他平常總說『那些小鬼一個比一個任性，愈認眞愈會被踩在腳底下，隨便應付就好』，之前卻對一個少年的案子特別認眞。問他理由，他竟說那少年懂得欣賞某爵士樂專輯，本性應該不壞……豈不是蓄意偏袒、公私不分嗎？」
「主任的確有這毛病。」
「啊，我想到一個理由。」
「什麼？」
「主任親自前往車禍現場，及突然格外在意這案子的理由。」
「怎麼說？」
「以前主任會不會負責過那少年的案子？」
「咦？」
「負責過的少年再度涉案，誰都會難以釋懷吧？」
回想起來，看過棚岡佑眞的資料後，陣內的反應有些不尋常。「大概是提到棚岡佑眞的父母時，他就變得怪怪的。」
「父母？」

「一次車禍中，棚岡佑眞同時失去父母。」

「噢……」一向沒什麼表情的木更津安奈，話聲帶著情緒的波動。由於工作上的經驗，她很清楚雙親不睦、失去雙親，及家暴對孩子的影響有多大。世上沒有完美的雙親，如同沒有完美的時代，但孩子成長過程中，有沒有作爲保護者、阻撓者、負面身教示範者的父母，都會對孩子的人格造成極大的影響。「或許主任就是從你那句話，發現這個事實。」

「發現是他負責過的少年？」在車禍中失去雙親，這樣的遭遇並不常見。

「可是，如果這名少年曾犯案，應該會留下紀錄。」

「但沒這一類的紀錄。」

「難道是在工作以外的場合認識？」

「這就不得而知了。」

話尾剛落，一個念頭掠過。「以前的案子」像一顆球在腦中彈跳，將碰撞出相當重要的訊息。這樣的預感盤繞在心中，揮之不去。然而，「棚岡佑眞該不會是……」說到這裡，我卻不曉得怎麼接下去。

「瞎猜也沒用，直接問比較快。」木更津安奈扔下這句話，起身朝回到辦公室的陣內提問：「主任，有點事想請教你。」

6

棚岡佑眞的案子發生不久，我曾請他的伯父棚岡清到裁判所來，進行一次面談。如今陣內提供新線索，有必要再與伯父見上一面。遭到兩次延期後，終於敲定時間，條件是由我前往他位於東京練馬區的住處。

「我實在太忙了，眞的很抱歉。」棚岡清解釋。

不論從地理位置或外觀來看，棚岡清住的公寓肯定不便宜。傍晚四點，太陽還沒下山，但屋內十分陰暗。客廳擺著大型電視機，對面是一張沙發。電視機旁的遙控器沾滿灰塵。此外，有一座巨大的書架，架上全是印著英文標題的專業書籍及百科全書。開放式廚房整齊乾淨，卻堆滿泡麵，可見屋主幾乎不曾下廚。

「大學那邊終於能稍微喘口氣。」棚岡清戴著眼鏡，頭髮有些稀疏。紅腫的雙眼應該是睡眠不足造成的結果。上次見面時，他的態度十分理智，符合私立大學藥學部教授的形象，此刻卻像整天窩在家裡的虛弱老人。或許是穿著居家服，看起來憔悴不少。

「大學那邊情況很糟嗎？」原本我只是想問，最近是不是忙著學生的考試或指導實驗，話一出口，才驚覺對方並非這個意思。

「還是常常有人打電話到學校，也給學生添不少麻煩。」

棚岡佑眞一案經媒體大肆炒作，和其他案子一樣，加害者的個人資料在網路上廣爲流傳。這種現象，讓我們感到困擾、憤慨，也有著對相同情況不斷重演的無奈。這宛若未成年犯罪發生後勢必會引發的龍捲風，是防不勝防的天災，與其擔心害怕，不如好好思考怎麼將傷害降至最低。

「我跟律師談過，校方也盡量提供協助，但我認爲還是休息一陣子比較妥當。」

雖然不太瞭解私立大學的僱用體制，不過可想而知，身爲教授不可能輕易取得休假。

「不好意思，只有麥茶。」棚岡清拿著小玻璃杯，自廚房走回來。那副神情，或許與案發後不久的慌張模樣相去不遠。「打從妻子在世時，家裡唯有麥茶不曾斷過。」

他的妻子，也就是撫養棚岡佑眞長大的伯母，兩年前罹癌病逝。

從那天起，棚岡清過著不想下廚、不想洗澡的日子。每天只持續喝著麥茶，喝完就拿茶壺重新煮。在他心中，這樣的習慣才代表「生活」。

「我想寫信向死者家屬致歉。」

遭棚岡佑眞開車撞死的男人幾乎沒有親友，由於數年前離婚，戶籍上與妻小斷絕了關係，不知還能不能稱得上家屬。不過，在反省的意義上，不僅是棚岡清，連棚岡佑眞也該寫信致歉。

「還有，我想跟律師再談談。」

雖然是未成年人的案子，一樣可聘請律師。這種情況下，律師是擔任「陪同人」，有別於一般刑事案件。從移送家庭裁判所到進行審判，約不到四週的時間，律師必須與調查官及裁判官交換意見，不僅要盡量減輕未成年人的處分，還得協助未成年人重新步上正軌。話雖如此，有些律師身為法律專家，完全將焦點放在減輕處分上，認為這才算「不辱使命」。有些律師抱持處理例行公事的態度，不採取超出職責範圍的行動。有些律師相當熱心，能夠提供確切的建議，深受裁判官信賴，意見書的內容幾乎都會受到採納。

至於棚岡佑眞的律師，表現得中規中矩。乍看之下，絲毫感受不到熱誠，卻能依據過去的經驗進行正確判斷，並採取適當的措施。跟我見面時，也有條不紊地列出必須處理的流程。

「當初面談時，我心裡太慌張，根本不記得說過什麼。」

「你說佑眞不是壞孩子。」

在陌生的裁判所難免會緊張，加上案發不久，棚岡清彷彿穿著厚重的鎧甲。他無法判斷我是敵是友，於是反覆強調「佑眞一向認眞，是溫柔的孩子」。然而，當我問「知不知道佑眞沒有駕照，卻偷車來開」時，他的臉上頓時籠罩一層陰影。他搖搖頭，一副欲哭無淚的表情，嘆一口氣：「沒錯，雖然把他當親生兒子般照顧，其實我對他的事一無所知。」

「說是一無所知，或許有些言重了。」這不是安慰，我感覺得出，不管是他或病逝的妻子，並非對佑眞漠不關心。只是，他們不曉得佑眞經常玩「無照駕駛的遊戲」，而且這種遊戲將釀成大禍，也許只能算是不幸。

啜一口麥茶，我決定進入正題。

前幾天，透過木更津安奈，從陣內口中問出新情報。起初，陣內似乎懶得解釋，擺出一問三不知的態度。於是我加入戰局，糾纏著逼問「爲什麼對這案子如此關心」，最後他招架不住，終於老實招來。

「對了，佑眞以前也遭遇過車禍，是嗎？」

「在高速公路上，他的父母……」

「不，我指的是後來。距今十年前，佑眞讀小學的時候。」

棚岡清望向我，彷彿許久不曾想起那段回憶，僅吐出一句：「你還眞清楚。我不是刻意隱瞞，只是對佑眞而言，那不是愉快的往事。」

小學生前往學校的路上，一輛車子撞上人行道。規規矩矩等紅綠燈的三名小學生，不巧在車頭前方，其中一人死亡。

棚岡佑眞是三人之一。他就站在遇害的同學身旁。

「爲什麼沒寫在問卷調查表上？」

「啊，應該要寫嗎？」

我交給未成年者的監護人的問卷調查表上，監護人應該寫出與未成年者相關的各種資訊，及今後輔導未成年者的具體想法。確實，棚岡佑眞小學時遇上的那場車禍，嚴格說來他是目擊者而非當事人，似乎沒有非寫不可的必要。

「他們三個感情很好，會到對方家裡玩。那時我忙於工作，幾乎都待在學校，但常聽妻子提到三人的事。」

「佑眞受到不小的打擊吧？」這是可想而知的事。

「這麼說有些奇怪……由於打擊太大，在佑眞心中，或許那場車禍就像一個噩夢，一個巨大的噩夢。」

「你的意思是，他不認為那是現實發生的事？」

「畢竟他當時還是孩子……不，現在也一樣……我想他已忘得一乾二淨。雖然沮喪好一陣子，總算恢復日常生活。」

「你們從埼玉縣搬過來，也是那場車禍的緣故？」

棚岡清沒否定，反問：「這種事果然會留下紀錄嗎？」

「咦？」

「佑眞當場目擊車禍，警方曾向他問話。雖然他不是受害者，但某種程度上也算受害者之一，可是……」

「那場車禍與他無關。」所謂的目擊者，其實等同於局外人。

「武藤先生，既然你知道這件事，表示留下了紀錄吧。要不然……是附近鄰居告訴你的？不過，自從搬來這裡，我們不曾提及這件事。」

到底該不該實話實說，我一時拿不定主意。然而，看著棚岡清一臉憔悴、疲憊的模樣，我實在不忍心增加他的憂慮，於是告訴他：「那場車禍的肇事者，也是一名少年。」

「啊，一名少年開車時分心，才導致那場車禍。原來如此，那個犯人也是由家庭裁判所的調查官負責？」棚岡清十分感慨。他的口吻不帶一絲喜悅，幾乎跟呻吟沒兩樣。

「是的。」

負責那起案子是陣內，當時他任職於埼玉縣的家庭裁判所。「我和目擊車禍的兩個孩子說過話，其中一個就是棚餅。」陣內皺著眉這麼說。

「在調查的過程中遇上嗎？」針對加害者的少年進行調查時，我們往往會徵詢受害者或相關人士的意見。但案發不久，兩個小學生的精神狀態不穩定，儘管目擊車禍，我實在不認爲有必要向他們問話。

「他們兩個跑來裁判所找我。」陣內的語氣難得嚴肅。

「只有他們兩個？他們不是小學生嗎？」

「多半是有人告訴他們，家庭裁判所的大叔可以決定犯人的下場。他們在裁判所的櫃檯前，嚷嚷著『那個開車撞死我們朋友的傢伙，請不要原諒他』，吵得要命。」

「那眞是……」我心想，那眞是爲難。

「他們在櫃檯大吵大鬧，我恰巧路過，他們立刻撲上來。畢竟是我負責的案子，只好聽聽他們說什麼。」

兩個小學生一定非常恨撞死好朋友的犯人吧。我不禁咬緊牙根。

「其中一人氣呼呼地說，他的父母也死於車禍，明明沒做錯事，爲什麼得遭受這樣的對待？」

「你怎麼回答？」

「我跟他說，如果沒發明汽車就好了。」

哪個孩子聽到這種話會感到安慰？即使對方不是孩子，也不會得到安慰。然而，陣內不是故意取笑捉弄，他當著我的面，一臉無奈地表示：「那一瞬間，我眞的好恨世上有車子。」

陣內接著解釋：「武藤，之前談到棚餅時，你不是提到他的父母在一場高速公路的車禍中雙亡？我覺得十分耳熟，一看棚餅的問卷調查表，他果然住過埼玉縣。」

「所以，你就跑去案發現場？」

與以前負責的案子相關的少年出事，調查官難免會在意。雖然和「當時的孩子成長得如此出色」之類感激的心情完全相反，但不可能完全不放在心上。不過，掛心是一回事，專程去看車禍現場又是另一回事。

「我只是覺得，或許該驅一下邪。」

「驅邪？」

「棚餅是第三次遇上車禍。第一次是父母，第二次是朋友，第三次是自己，而且每一次都是奪走人命的重大車禍。想想滿恐怖的，驅一下邪比較好吧。」

「驅邪有必要到車禍現場嗎？」

「我只是一時心血來潮啦。怎麼，那個十字路口是你家的？只有你能去，別人都不能去？」

每當詞窮，陣內就會幼稚地耍賴，在我眼裡已是家常便飯。

「當時肇事的少年沒判死刑吧？」棚岡清喝光麥茶後問。

輕聲細語中沒有一絲戲謔，還特別加重「死刑」兩字。

未成年犯罪的狀況比較特殊……何況，那是一場意外……就算是一般凶殺案也必須符合特定條件才會判死刑……各式各樣的答案在我的腦海盤旋，宛如糾纏不清的蜘蛛網，但最後我只應一聲：「對。」至於犯人在少年院裡待幾年後重獲自由，我自然也說不出口。

「他今年幾歲？」

「那是十年前……二十九歲。」

棚岡清微微抬頭，以爲他會望向我，卻沒對上我的視線。那疲軟無力的眼神，在屋內輕輕游移。

「那麼，他也是十九歲犯案，跟佑眞一樣。」

「是啊。」

「饒恕那名犯人的法律，反倒成爲佑眞的救星？眞是天底下最諷刺、最奇妙的事。不過，要是沒記錯……當時的犯人有駕照吧？」棚岡清垮下雙肩，看起來像洩了氣的皮球，但我沒辦法幫忙塞住破洞。

「佑眞沒駕照，罪是不是更重？」

同樣是車禍肇事，有沒有駕照可說是天差地別。依現行的《少年法》，無照駕駛肇事致死，會視爲有傷人的意圖。當然，不是打一開始就是這樣。現實中未成年人犯下的案子改變社會的觀感，而社會觀感逐漸改變法律。

「得和佑眞本人詳談才能下判斷，目前說不準。」接著，我將話題拉到十年前那場車禍上。「請問另外那位朋友，現在過著怎樣的生活？」

「另外那位朋友？啊，記得他叫阿守……」棚岡清一頓，「佑眞房裡或許有以前留下的賀年卡，要來看看嗎？」他起身準備走出客廳，似乎滿心以爲我會去找對方問話。

當事人不在時擅自進入房間，我有些遲疑。何況，房間的主人是青春期的少年，我感覺那是不能擅闖的禁區。然而，我沒拒絕，或許是有些好奇吧。一回神，我已走進六張榻榻米大、鋪著木地板的房間。

房裡遠比我想像中整齊。書桌上擺著國語辭典、英日辭典，及數份補習班的講義。以爲是案發後棚岡清爲佑眞整理房間，棚岡清卻說並非如此。

「他從小就愛整齊，是守規矩的孩子。大概是妻子曾告訴他：『把房間整理整齊，心才靜得下來』。」棚岡清打開壁櫥，取出一個資料夾翻閱：「佑眞一向將賀年卡收在這裡，當通訊錄使用。」

我漫不經心地望向書架。上頭擺著數本夏目漱石的作品，及最近流行的小說。然而，我的目光停留在三本漫畫上。那三本漫畫相當老舊，書背也已磨損，顯得有點突兀，彷彿具有特殊意義。我伸手取下一本，翻開封面，映入眼簾的是漫畫家的插畫，及一些說明近況的文字。這是一套描寫劍與魔法的奇幻類作品，內容可說是典型的少年漫畫。查看出版日期，已超過十年。這部漫畫出版時，棚岡佑眞是小學生，還沒因車禍失去朋友。

棚岡清曾說，在佑眞心中，那是個巨大的噩夢，很可能已忘得一乾二淨。但書架上的三本漫畫，宛如將去世的朋友與殺人凶手深深烙印在記憶中的工具，像是一根驚醒他的棍子，有著完全不同於夢境的眞實感。他不想忘記，還以這三本漫畫告訴自己絕對不能忘。

「小學時的那場車禍，對減輕佑眞的懲罰有沒有幫助？我是不是該告訴律師？」棚岡清認真地問。

由於經歷過那樣的遭遇，才會犯下今天的錯……這種論點確實帶有一定程度的說服力，裁判官從輕發落的機率並不是零。然而，這個案子是否適用，實在難講。十年前朋友死於車禍，十年後自己開車撞死別人……就算提出這項主張，又能期待裁判官從哪一點斟酌懲罰？

7

棚岡佑真坐在調查室裡，或許是身上運動服的顏色過於暗淡，看起來萎靡不振。既然委靡不振，敵意應當會稍微減弱，就算沒認真回答我的問題，至少不會再玩「管你說啥，我都說『是』」的遊戲……原本抱著這樣的期待，事實證明我還太嫩。雖然一臉憔悴，他仍面無表情地拿「是」來應付我。

不過，今天的我也不是省油的燈。

「接下來的話題，或許會讓你感到有點不舒服……」

「是。」

「能不能請你談談十年前的那場車禍？」

棚岡佑真的神情產生變化。他迅速抬頭，彷彿終於發現眼前坐著一個人，漸漸聚焦在我臉上。他緩緩動著嘴唇，我有種錯覺，像是一道厚實堅固的門，鐵鏽紛紛剝落，伴隨著吱嘎聲緩緩打開。我已有覺悟，門後的答案可能仍爲「是」，幸好結果並非如此。

「十年前？不是十五年前？」

我勉強壓抑想湊上前的激動心情，「十五年前，你的雙親遇上的車禍當然也很可怕，但我今天想談的是十年前，你的朋友遇上的車禍。」

棚岡佑眞的反應不大，臉頰卻微微抽搐。從表情看來，他雖然遺憾往事曝光，但還不到想逼問我如何得知的地步。顯然他心知肚明，這件事傳進我耳裡的機率並不是零。

「那是很久以前的事，我記不太清楚。」他咕噥道。

「那場車禍對你的打擊不小吧？」

「或許吧。」

「你沒開始害怕車子？」雖然擔心不夠自然，但這個尖銳的問題非問不可。

或許是在回溯、反芻記憶，棚岡佑眞的話聲變得稚氣許多。「嗯，很怕。」

「到幾歲？」

「咦？」

「這樣的想法可能無知又膚淺，但經歷過那種事，又害怕車子，應該不會想再接觸車子。你居然會無照駕駛，我滿意外的。」

棚岡佑眞雙唇緊閉。不像遭人踩到痛處，而是單純對我的問題感到火大。

「哪一條法律規定，小時候有過那種遭遇，一輩子都不能開車？」
「沒有，但我倒是知道，有一條法律規定沒駕照不能開車。」
棚岡佑真再度垂下頭。「你說得沒錯……全是我不好，才害那個人……」
身為加害者，卻一時不服氣，出言反駁，他似乎很羞愧。他的手微微顫抖，似乎不是在演戲。
「我到你家，跟你的伯父談過。」
「伯父還好嗎？他的工作……因為我的關係，恐怕是一團混亂吧。我只會給他添麻煩。」大概是剛叛離「只能說『是』教」，至今受戒律壓抑的心情再也按捺不住，他竟主動拋出問題。
「當然不是毫無影響，但也沒遇上什麼大麻煩。」避免增加無謂的擔憂，我沒說出伯父向任教的大學請長假。「對了，你最近沒跟田村守見過面嗎？」
「田村守？」棚岡佑真重複一遍，似乎真的對這個名字感到陌生，而非故意裝傻。
「你的小學同學……那時也在場……」田村守是當年目擊車禍的三名小學生之一。還沒解釋完，棚岡佑真彷彿已想起，回答：
「沒有，只是會互相寄賀年卡。」
原本要問「想不想見面」，但我沒問出口。在這個節骨眼，不管他怎麼答覆都沒意義。

離開鑑別所，在回程的電車裡，我抓著吊環，一邊回想剛剛在調查室向他拋出的問題。

在棚岡佑真眼中，車子是殺害朋友的凶器，爲什麼還會刻意接近車子，甚至無照駕駛？

這會是另類的訴求嗎？

他想證明開車很簡單，就算沒駕照也能輕易上手，如此一來，就能間接證明肇事的犯人有多可惡？

要不然……我的腦海浮現「復仇」這個字眼。復仇？向車子復仇？

太恨車子，所以欺負車子來洩憤？

粗魯地轉動方向盤，無視路口燈號，故意讓輪胎磨擦地面，都是爲了對車子造成傷害？

我馬上否定這個推測。如果憎恨車子，大可狠狠地踹或拿鐵鎚敲打。明知沒駕照還胡亂開動車子，不可能消除怒氣。

難不成，他認爲要復仇，得先瞭解敵人？

或者……他純粹感到好奇？

想知道奪走雙親及好友性命的，到底是怎樣的機械？想搞清楚這玩意爲何如此簡單地摧毀一個人的人生？

面對這名少年，我到底該問什麼，不該問什麼？

這方面的判斷，實在是難上加難。

多麼希望能有一本指導手冊，教我如何跟少年溝通。最好能找到《不能對少年說的十句話》，或是《讓少年敞開心扉的二十個問題》。但幻想歸幻想，現實中面對每一名少年，「正確答案」都不盡相同。

「跟爵士樂一樣。」陣內曾這麼形容。「譬如現代爵士樂，是一種與同伴互相呼應的即興演奏。你來我往，一進一退，有時同伴演奏的旋律會勾起自身的回憶，而有神來一筆的巧妙搭配。以結果來說，是爲了奪取聽眾的心打架。處理未成年犯罪的案子，不也是如此？」

「我們是要跟孩子溝通，不是和他們打架。何況，哪來的聽眾？」這樣的比喻實在有些不倫不類。

「也對。」

面談接近尾聲，我又問一句：「對十年前那場車禍的肇事者，你有沒有想說的話？」雖然我一直無法判斷該不該拋出這個球，最後還是問出口。

「唔……」棚岡佑真一聽，更是面如死灰。他的五官微微扭曲，似乎咬緊牙關。我感覺到他壓抑著滿腔怒火。

全是那傢伙的錯……

我彷彿聽見這樣的回應。那聲音又細又輕，一點眞實感也沒有。這也是當然，實際上，他的嘴唇絲毫沒動。

8

小山田俊拿起一瓶堆在角落的蔬菜汁遞給我。由於沒冷藏，喝起來溫溫熱熱，但他表示「多喝幾瓶就會習慣」。

接著，小山田俊又說，雖然每天都窩在房裡，他相當注重健康，而且很努力練肌肉。

「那個車禍少年還好嗎？」

我一時沒反應過來。

「就是你負責的那個案子啊。」

目前手上有數件案子，但我隨即明白他指的是哪一件。話雖如此，總不能隨意透露棚岡佑眞的情形。何況，小山田俊處於試驗觀察期間，我不禁想告誡他，有時間擔心別人，不如先擔心自己。

「你要拜託我什麼事？」我岔開話題。

「上次提過的網路犯罪預告，有沒有幫我查？」

「還沒……」我根本沒打算答應當他的助理。

「我就知道。萬一眞的出事，你也不好受吧？」

「如果能夠什麼事都別發生，當然是最好不過。」

「你瞧瞧。」小山田俊遞來一張紙，上頭印著地圖。仔細一看，似乎是埼玉縣內靠近東京的住宅區。

「難道有人要在這裡放置炸彈？」

「大部分的犯罪預告，都是『幾月幾日要炸掉市公所』或『下週日要在體育館大開殺戒』之類的內容吧？警察接到通報都會十分緊張，但通常只是惡作劇。歹徒不過是想中止某一場活動，或帶給許多人困擾、剝奪他人的樂趣，藉此獲得滿足。」

「或許吧。」

「眞正會製造危險的人，不會傻傻地發出預告，惹來多餘的阻礙。即使發出預告，也不會洩漏具體計畫。」

「大概吧。」

「最可怕的，是對其他人或社會長期積蓄怨恨的傢伙。」

「積蓄」用在這裡實在有些奇妙，彷彿談的是一筆存款。

「這傢伙就是怨恨太多，多到滿出來，於是在網路上留下痕跡。」

我瀏覽手上的紙，上面列著各式各樣的句子，其中一句是「外頭小學生的說話聲讓我想殺人」。在我看來，跟前幾天那些紙上的內容沒什麼差別。

「在網路上貼出這樣的內容，不會有人報警嗎？」

「這不是明確的犯罪預告，像是單純的情緒抒發。」小山田俊態度平淡，猶如機器人般面無表情。「不過，據我推測，這傢伙是玩真的。」

「玩真的……？」

「這傢伙有使用ＳＮＳ軟體的習慣，我故意跟他閒聊，誘騙他點擊別的網站，取得他的網路ＩＰ位址。靠著這個ＩＰ位址，我大致鎖定他家的位置，就在地圖上那一帶。」

我看著地圖，疑惑地問：

「光靠ＩＰ位址，沒辦法鎖定到這麼小的範圍吧？」

「沒錯，但關於這一點，請你不要追問。」小山田俊回答。

「怎麼說？」

「假設他喜歡在拍賣網站購物……當然，我只是打個比方……要是他在ＳＮＳ軟體上不經意提到最近得標的東西，我可上拍賣網站查出最新的成交紀錄。接著，若有辦法窺見他帳號中的個人資料，便能得知他的姓名和地址……或許啦。」

「你的意思是……」我感覺自己的心跳速度加快一點五倍。「你設法取得對方的帳號和密碼，擅自登入？」

盜用帳號無疑是犯罪行爲。在這種尷尬時期，小山田俊告訴我還持續著違法舉動，實在傷腦筋。

小山田俊卻老神在在，擺擺手。「我不過是打個比方，只是單純的假設，傳達世上有這樣的手法。我絕不會幹這種事，畢竟還在那個期間……」

「那個期間？」

「試驗觀察期間啦。所以，我不可能做那種傻事。總之，我想辦法篩選出大致的範圍。」

「如果你有辦法看到對方的拍賣帳號資料，不是能得知更準確的住址？」

「對方指定郵局收貨。」

「你的意思是，發出犯罪預告的男人……雖然不確定是不是男人……」

「是男人沒錯。這一點小事，從他寫的內容就看得出。」

「這個男人……他要求將貨物送往指定的郵局，再親自去領貨？」

那麼，這張地圖鎖定的是郵局的位置？

「大概吧。我沒偷看他的拍賣帳號資料，無法確定。」小山田俊故意含糊其辭。

「也對，你只是打個比方。」

「我怎麼可能盜用帳號？」

「當然、當然。」我嘴上這麼說，卻十分不安，不知該拿這個鬼靈精怪的少年怎麼辦。我的心情彷彿抓著一把無名草，不知到底是毒草或藥草。

「下週一，可能需要特別留意地圖上的三所小學。」

「小學？」

「平日壓抑不滿情緒的人，往往會挑比自己弱小的對象下手。況且，這傢伙曾在網路上，針對看似無憂無慮的小學生，寫下憤恨不平的言詞。」

「小孩子也是有煩惱的。」

「我早就懷疑這傢伙會襲擊小學生，下週一尤其危險。」

「咦？」

「他寫過『人生從什麼時候開始，就從什麼時候結束』這種話。」

「是指他的生日嗎？」

「要查出生日並不難，看看帳號裡的個人資料就行。」

我不想再把時間浪費在追究這件事上。

「所以，你認爲這一帶的小學有危險？大約是幾點？」

「觀察這傢伙在網路上活動的時間帶，似乎不是夜貓子。我猜他會趁一大早攻擊上學途中的小學生。」

聽小山田俊自信滿滿地斷言，我不禁有些緊張。

「問題是，我沒辦法去現場。」

「你隨時能出門，不是嗎？」

「埼玉縣實在太遠，我又不想捲入麻煩，而且外頭的世界好恐怖。」

最後一句顯然是在說笑。

不過，如果小山田俊在這幾所小學附近惹上麻煩，確實可能遭人質疑「住在東京的逃學少年怎會跑到這種地方」。

「等等……」我突然注意到一件事。「我出現在那種地方，一樣不合常理吧？搞不好會有人問我，怎麼知道歹徒將在那裡行凶……」

「家裁調查官的直覺。」

「未免太牽強了。」

我無法預期會發生什麼事，甚至不敢肯定眞的會出事，但眞有萬一，總不能老實回答「是試驗觀察期間的少年猜中」。

「武藤先生，你的身分跟我不同。你是大人，而且沒逃學，不會遭到懷疑。總之，我非常擔心下週一。」小山田俊的臉上看不出一絲擔心。

「還是報警吧。不用告知姓名，也不必解釋消息來自你根據網路留言的推測，只要說似乎有人想對小學生不利，警察自然會對那幾所小學的通學路線加強戒備。就算那傢伙眞的想動手，看見警察和家長嚴陣以待，多半就會打退堂鼓。」

「武藤先生，要是你願意匿名報警，我不反對。」

小山田俊嘴上這麼說，卻有些意興闌珊。我問他理由，他如此回答：

「倘若警方布下天羅地網，導致那傢伙放棄行動，我怎麼印證自己的推測到底對不對？」

9

出社會後，我很少有機會到別人家作客，更別提留下吃飯。廚房餐桌上，優子將烤盤裡的什錦煎餅翻面，一邊勸我：「盡量吃。」

「武藤，能吃多少算多少，別勉強。」永瀨和藹地接過話。他拿著叉子享用一塊什錦煎餅。「我們請你來吃飯，會不會讓你家裡的人不高興？」

「內人剛好帶孩子回娘家，請不用擔心。」我解釋道。岳父突然想帶外孫到釣魚場，明天起恰恰就是週末，妻子決定帶孩子回去讓老人家看一看。礙於工作的關係，我無法一同前往，就在這時接到永瀨來電，希望我聊一聊陣內在職場上的近況。

「關於工作上的表現嗎？」

「工作上的表現多半沒什麼好提的，我只是擔心他給你們製造麻煩。」

我忍不住想回一句「麻煩可多了」。

「要是你願意賞臉，到我家來吃頓飯如何？我老婆優子也想見見你。」永瀨接著勸道。

平常遇到這種邀約，我一定會拒絕。去不熟的人家裡作客，感覺太厚臉皮，也沒辦法放鬆，還不如待在自家，享受難得的單身樂趣。但最後我仍答應造訪永瀨家，理由十分簡單。

「我是想瞧瞧，能跟那個陣內當朋友的是怎樣的人。」

聽到我的話，永瀨噗哧一笑。「那個陣內」的形容，似乎戳中他的笑穴。

「簡直像把陣內當成伏爾泰（註）之類的大人物。」優子說道。

我問永瀨如何結識陣內，他的回答讓我嚇一跳。

「那時陣內是大學生，我們在銀行碰到一樁搶案。」

「原來那件事是眞的？」陣內曾得意洋洋地聲稱當過人質，但我從沒放在心上。

「那樁搶案挺複雜的。總之，陣內和現在沒什麼不同。」

「麻煩製造機。」優子擠著美乃滋，在什錦煎餅上畫出方格。

「不過，他有時會吐出一些經典台詞。」「眞的嗎？」「我是這麼認爲……你對陣內有什麼看法？」

「第二次與陣內共事，我還是摸不清他的爲人。」

註：伏爾泰（Voltaire，一六九四～一七七八），法國啓蒙時代的思想家。

「他沒說過經典台詞？」

「有是有……」我承認這一點。「但他說完，又會厚臉皮地補充『我這句話眞是經典』，把氣氛弄僵。」

「『我的演奏不該只得到這樣的掌聲』。」永瀨夫婦異口同聲，哈哈大笑。

「什麼意思？」

「這是查爾斯．明格斯（註）的名言。」

「那是誰？」

「爵士樂演奏家。武藤，你聽爵士樂嗎？」

「不聽，倒是常常聽陣內說得天花亂墜。」

「這就是『陣內愈推薦愈惹人厭』的法則。」

「我也是門外漢。爵士樂稱不上是過時的音樂，但給人只有知識分子會一臉嚴肅地坐在酒吧聆聽的印象。」

「我也有這種印象。聽爵士樂的人，似乎都自以爲了不起……雖然是先入爲主的想法，但有種成熟的感覺。」

「不過，其實爵士樂也有許多類型。」聽到我的感想，永瀨起身離開餐桌，伸手摸到音響附近的ＣＤ盒，挑出一張放進音響，按了幾個按鈕。

他完全沒碰撞到周圍的家具，操作音響的動作也相當敏捷。我的視線不由得跟著他的身影移動。

「CD盒上有裂痕，所以不會搞錯。」永瀨回到座位，自顧自地說著。或許他以爲這句話能解答我的疑惑，其實我的心中不曾出現疑惑。

音響流瀉出樂曲。首先是宛如踩著鞋跟、在路上踢踏的低音及鋼琴聲，緊接著是一段管樂。

「這是查爾斯．明格斯的演奏會CD。明格斯是樂團的團長，負責貝斯，還有四個人吹薩克斯風，一個人吹小號。」永瀨解釋。

我吃著什錦煎餅，漫不經心地任音樂流入耳中。

「這是即興演奏的大對決。爵士樂本來就有這樣的特性，這一場更是針鋒相對，每個團員都先來一段獨奏。」

最先上場的，是一陣盤旋迴繞的薩克斯風樂音。

「我也很喜歡這場演奏。大家輪流表現，好像一場競賽。」優子輕輕搖擺身體。

「競賽？比賽什麼？」

「誰最能炒熱聽眾的氣氛。」

「像打架一樣。若說這就是爵士樂，倒也沒錯。」

註：查爾斯．明格斯（Charles Mingus，一九二二～一九七九），美國爵士樂演奏家。

「原來如此。」我想起陣內曾以「打架」形容爵士樂。

悠揚輕快的旋律，教人身心舒暢。

第一段薩克斯風結束，接續一小段貝斯後，忽然「叭哩叭哩」聲大作，彷彿將木板從牆上剝下。「第二個選手上場。」永瀨解釋，這是上低音薩克斯風。不久，進入第三個團員的獨奏，像是一邊抽搐一邊挖洞前進，有時又像翱翔空中，表現出雲霄飛車般的奔馳感，我的情緒也隨之高漲。

接著，輪到第四名團員。

起頭的音色與之前的都不同，清晰且帶有張力，還在讚嘆真是曼妙，卻傳來一連串痙攣般的顫音。我聯想到抓著頭髮暴跳如雷的畫面，奇妙的是，一點也沒感到不適。或許是穿插著動人的旋律，抓著頭髮的彷彿是面露笑容的少年。不一會，響起火車的鳴笛聲，強勁有力，好似從地心噴發而出。

那像是咆哮，又像是巨人的慟哭。片刻後，啁啾鳥鳴般的可愛旋律探出頭，接著是不停震顫的痙攣音，下一瞬間，又變成動物的叫聲。

難以相信那是薩克斯風的樂音。好似有人一邊高歌一邊吶喊，又像是某種動物扯開喉嚨大聲嘶吼。明明不可能永遠不換氣，樂聲卻彷彿永無止盡。半晌，樂音愈來愈細，宛如畫過天空的飛機雲般慢慢淡去，卻久久不消失。即使若有似無，依舊帶著超音波般的一縷餘音。演奏者不知何時換了氣，樂音再度拔高，震撼我的心靈。

驀地，樂音在白雲間消失無蹤。

這名團員的獨奏告一段落。

下一瞬間，響起沸騰的歡呼聲。伴隨著掌聲，感受得到現場狂熱的氣氛，像是我也在觀眾席中。雖然沒起立、沒拍手，我仍不由得暗叫痛快。

永瀨也露出滿足的表情。

演奏尚未結束，下一名團員的獨奏緊接著響起，但我難以忘懷剛剛的表演，根本靜不下來聆聽。

「很有趣吧？」優子問我。

「剛剛這段特別有魄力。」或者，該說充滿震懾人心的能量。以打架來比喻，剛剛那段獨奏如同憑藉狂風暴雨般的攻勢，KO對手。

「其他人的演奏也很棒，可惜完全被哈珊・羅蘭・柯克（註）比下去。」

「柯克？」

「有人說他一出生就遭逢意外失去視力，也有人說他是天生的視障者。」永瀨微微一笑。

眼睛看不見對一個音樂家的阻礙有多大，實在難以想像。我無法做出評論，也不願

註：哈珊・羅蘭・柯克（Rahsaan Roland Kirk，一九三六～一九七七），美國爵士樂演奏家，雖雙眼失明卻能演奏多種樂器。

說些沒意義的話。

「但在演奏上，他有不輸給任何人的自信。以結果來看，這場演奏裡確實沒有一個團員是他的對手。」

「是啊。」獨奏結束的喝采證明一切。

「剛剛那段演奏，他只吹次中音薩克斯風，聽說他平常總是同時演奏三種樂器。把三種管樂器含在嘴裡，有時還用鼻子吹長笛。」

「用鼻子吹？」我不禁懷疑，眞的有人能同時吹奏三種樂器嗎？

「曾有一段時間，大家當他是街頭藝人，認爲他不是在演奏，而是特技表演。但只要仔細聆聽，就會明白他眞的具有實力。正因如此，查爾斯．明格斯才會邀他加入樂團。只要表演得精采，流言蜚語一點也不重要。既然眞的有實力，何必把雞毛蒜皮的瑣事放在心上？實際上，連查爾斯．明格斯本身，都是奇葩人物。」

「怎麼說？」

「這是我在書上看到的……明格斯和朋友兩個人上餐廳吃飯，或許是黑人的關係，服務生爲他們安排一張小桌子。」優子描述道：「明格斯體型龐大，向服務生表示希望換張大桌子，服務生卻堅持『這張就夠大』，硬是不肯換，於是明格斯……」

「他怎麼做？」

「他點四份牛排。」

「咦？」

「牛排端上來，桌子卻放不下，服務生只好拉另一張桌子來併桌。」

「眞像陣內會幹的事。」我說道。

「沒錯，我第一個想到的也是陣內，這很像他的作風。」

「陣內還沒住在東京時，我們幾乎不會遇上他，但只要一聽查爾斯・明格斯的專輯，腦海就會浮現他的臉。」永瀨十分無奈。

「明明不願想起，卻身不由己。」優子的表情也大同小異。

音樂依然持續自音響流出。第一曲結束，進入第二曲。哈珊・羅蘭・柯克變成第三個獨奏，這次他表現得更豪邁不羈，比起第一曲可謂有過之而無不及。獨奏結束的掌聲及歡呼聲充滿興奮，宛如大受歡迎的足球選手射門成功的瞬間，我不禁全身寒毛倒豎。第一曲就夠好了，沒想到這一曲更是精彩絕倫。

片刻後，永瀨拿起醬料瓶輕輕搖晃，「啊，醬料用完了。」

「你怎麼知道？」我一問出口，才察覺太失禮。

「靠重量……」永瀨微微傾斜瓶身，「而且這樣根本感覺不到液體的流動。」

「這個人看得見的東西比我們多，你要提防點。」優子笑道。

「我去買吧。」我剛要起身，永瀨已站起。「不必，我去就好。」

「但外頭很暗……」一出聲，我驚覺又說錯話。

優子和永瀨的嘴角同時微微上揚，約莫早就習慣這樣的反應。

「就算遇到店裡停電，他也能把我交代的蔬菜買回來。」優子笑道。

「萬一眞的停電，收銀機應該沒辦法用吧？」

永瀨喊一聲「帕克」，但帕克遲遲沒出現。低頭往餐桌下一看，帕克懶洋洋地睡著。

「導盲犬都是這個樣子嗎？」

「怎麼可能，我們家這隻是被寵壞。」優子輕笑起來。「只要天一黑就不工作，簡直像是關門打烊，成爲普通的室內犬。」

「多喊個幾聲，牠是會過來啦。」不知何時，永瀨手中多出盲人專用的白色手杖。「不過，這樣也好。我偶爾得一個人出門，免得忘了感覺。」他轉身走向門口。

「感覺？」我剛要追問，永瀨已不見人影。傳來大門關上的聲響。

「我們正常人看東西靠的是眼睛，他看東西靠的是腳和耳朵。計算步數來測量距離，同時靠聲音及觸感確認周圍狀況。當然，我不清楚那是什麼感覺，只是轉述他的說法。他在心中繪製的地圖，與我們一般人想像的地圖完全不同。」優子解釋。

「地圖？」

「一般人在說話時，會看著對方的臉部表情，但他在說話時，只會記住對方的口鼻位置，彷彿他的腦袋裡壓根沒有臉這種東西。」

「原來如此。」

「每次走進咖啡廳，稍稍聽一下隔壁桌的對話，就能『看』出很多事情。例如，『那兩個人似乎很談得來，其實講的全是客套話』，或『那個客人有點生氣，只是沒說出口』。」

意思是，永瀨聽得出隱藏在言語及聲音後的眞實心情？

「那不就什麼都瞞不過他？」

「但他說的到底對不對，根本沒辦法證明。」優子瞇著雙眼。

沒多久，門口傳來開鎖聲，永瀨走進屋裡。他從環保袋中取出一瓶醬料遞給優子，又回到座位。雖然多了些觸摸牆壁、扶著桌面之類的輔助動作，但過程流暢俐落，沒半分遲疑。

接著，我們繼續閒聊，度過一段相談甚歡的時光。然而，不論什麼話題，總會提到陣內，最後以「他眞是怪人」結尾。

「他曾強迫我練習打鼓，還把我拉到某公司的尾牙餐會上表演。」永瀨自白。

「打鼓？尾牙餐會？這又是怎麼回事？」我聽得一頭霧水。

「他要求我練好，還給我教學ＤＶＤ及點字的鼓技教學手冊。」

「眞是太任性了。」

「事後想想，其實挺有趣。若不是他，這輩子我肯定不會有機會打鼓。」

「某公司的尾牙餐會是怎麼回事？」

「我搬來一組小型的鼓，跟隨陣內在一個宴會場上表演。陣內彈著吉他，一邊唱歌。演唱的是約翰．藍儂的〈Power to the People〉（註）。」

「像是臨時參加的特別來賓？」我嘴上麼說，卻無法想像一家公司在宴會場上舉辦才藝表演的畫面。

「與其說是臨時參加，不如說是臨時闖入。當然這些都是後來才知道的事。」優子皺眉道。

「眞不曉得他腦袋裡裝些什麼。」我忽然想起從木更津安奈那裡聽來的小道消息，「對了，聽說房東最近找他商量遺產的繼承問題。」

「咦？」「房東的遺產？」兩人都顯得相當感興趣。

我簡單描述陣內在咖啡廳跟中年男人交談一事。由於並非親眼目睹，包含一些臆測，最後還補上一句「那大叔一副眼淚快掉下來的表情」。我不禁心想，原來謠言就是這樣加油添醋的。

「他腦袋裡究竟裝些什麼啊。」優子露出苦笑。

永瀨的表情有些嚴肅，「你確定這消息沒錯嗎？陣內跟別人談遺產繼承問題，實在很難想像。」

「陣內是想霸占那個人的遺產吧。」

「那就更不像陣內的作風了。」

我不由得好奇，「陣內的作風」一詞的定義是什麼？

「你的意思是，陣內不像喜歡不勞而獲的人？」

「不，不勞而獲是他的最愛。」永瀨面露微笑。「要幹這種事，他不會偷偷摸摸。照理來說，他應該會來向我炫耀。」

「有道理。」優子點頭同意，接著突然睜大雙眸。「啊……仔細想想，我們似乎也曾目睹。」

優子解釋，大約一年前，陣內來家裡，卻頻頻看手表，非常在意時間。夫婦倆猜想，他等一下八成有重要的事。在好奇心的驅策下，決定等陣內起身離開，偷偷跟在後頭一探究竟。

「對了，確實有這件事。」永瀨驀地想起，顯得十分興奮。

「當時陣內也是跟一個中年大叔交談，表情還很嚴肅。」

「那個人是房東？」

「我們以為兩人談的是公事。畢竟我們不懂陣內的工作內容，以為他在向專家徵詢意見。」

註：約翰・藍儂（John Lennon，一九四〇～一九八〇），英國音樂家，前「披頭四」樂團成員。

「這也是有可能。」

「要不然……」優子與永瀨不約而同開口。

「什麼？」

「他的爸爸。」「陣內的父親。」兩人再度同時開口。

「陣內的父親？」我不曾想過陣內也有父親。「他們的關係很複雜嗎？」

「不知該說是太複雜，還是太單純。」「他們幾乎斷絕父子關係。何況，陣內狠狠揍過父親。」兩人紛紛回答。

「陣內揍父親？」

「很意外嗎？」

「當然。」仔細一想，我又改口：「不，不意外。」

一點都不意外。

10

「武藤，我說過很多次，你的毛病就是想太多。既然查到田村守的地址，你就去他家，向他問清楚不就得了？」

我坐在辦公桌旁看著賀年卡，陣內突然無奈地開口。

「話說回來，田村守是誰？」他接著問。

「十年前，跟棚岡佑眞一起上學的同學。」三人上學途中，一人遭車子衝撞身亡。不過，我手上這張是三年前的賀年卡，田村守不見得還住在相同的地方。

「那就去了再說吧。遇到是運氣好，遇不到也沒損失。」

「主任，你對這案子似乎很積極？」

聽到我的話，坐在前面的木更津安奈一針見血地指出：

「只是想藉口蹺班不工作吧？」

「妳在說笑嗎？蹺班不工作，難道我的工作會自行消失？我特地跟著他在外頭跑，花的可是我的寶貴時間，他應該感動得痛哭流涕才對。」

「主任，你也要跟？如果我決定去，應該會挑假日。」

「讓你一個人去，我不放心。」

「我擔心的是……去找田村守，會不會是錯誤的決定？」

家裁調查官不是警察，不能像警察一樣，爲了查案在嫌犯的周遭探聽隱私。新聞媒體報導未成年犯罪時不能公布姓名，調查官逢人便問，等於到處宣揚涉案少年的身分。何況，棚岡佑眞的案子是「無照駕駛的未成年人，胡亂衝撞導致慢跑中的受害者死亡」，如此情節重大，在社會上引起不小的關注。一旦洩漏嫌犯的姓名，恐怕會引起相當大的騷動。

「只要不洩漏出去就行了，有什麼好怕的？」
「怎樣才能不洩漏？」「天機不可洩漏。」「不要敷衍我。」
「你想聽眞話？」「對。」
「我也不知道。」「我就知道。」

田村守是重考生，假日會在立體停車場打工。
這個星期六，我和陣內坐在開往大宮的埼京線電車裡，他突然對我這麼說。由於這個新消息，我們臨時改成前往田村守的打工地點。不過我有點驚訝，原本我滿心以為要到田村守的家裡。
「這種事情，你是怎麼查出來的？」
「打電話問本人啊。我告訴他，想跟他聊聊十年前的那場車禍，他說得打工，要我到打工地點找他。眞是的，今天是假日，為什麼我們得大老遠去找他？」
「是我們找他有事，可不是他找我們有事。」本來我想補上一句「你大可別跟來」，但我有一個更重要的問題：「難不成，你把理由告訴田村守了？」絞盡腦汁思考如何不洩漏棚岡佑眞的案情，我實在像個傻子。
「我只說想談談十年前的車禍。武藤，別擺出那麼可怕的表情。」
我們並肩坐在電車的座位上，陣內說著話，一邊遠眺後方窗外的景色。

「你向他表明家裁調查官的身分？」

「是啊。」

「不會出問題嗎？」

「他大概以爲我們要問的事，跟十年前那案子的凶手有關。」

「請稱呼他『加害少年』。」我出聲糾正，稱呼車禍肇事者爲凶手似乎有些不妥。

「主任，當年這少年的案子可是你負責的。」

「好像是吧。」

「難道你忘了？」

「不，我記得很清楚。」陣內點點頭。「只是，我們要處理的案子太多。陣內哥幫幫忙，陣內大人高抬貴手，陣內大神救我一命……惹事的少年一個接一個找上門，我腦袋裡不能老想著同一個案子。」

「這麼說也沒錯。」我們只是調查官，不是心理諮詢師、保證人，也不是監護人。我們的職責，只是調查未成年犯罪案件，並呈報結果。雖然用了兩次「只是」，但我們的責任重大，絕非「只是」可一語帶過。話雖如此，畢竟我們無法兼顧少年「全部的人生」。雖然有時我們會不禁想像，某個少年未來將面臨怎樣的人生，但基本上，我們會站在工作的立場與這些少年相處。我們並非放棄理想，這才是我們工作的本質。妻子以前曾說「保持一些距離才能走得長久」，這句話眞是金科玉律。

醫生不也是這樣？病患一個接著一個上門，醫生憑藉經驗及專業知識進行治療，卻不會和病患的人生有過多交集。

電車放慢速度，即將靠站，我們起身走到門口。

「主任，你認為十年的時間能緩和傷痛嗎？」

「什麼意思？」

「我們去問話，田村會不會受傷更深？」

原本遺忘的友人之死，會不會隨我們的造訪重回心頭？

陣內低頭望著腳邊半晌，回答：「以前的人常說，沒有時間無法撫平的傷痛。」

時間是萬病的靈藥，確實是經常聽見的論點。

「這是千眞萬確的事。雖然需要的時間長短因人而異，但世上有太多時間才能解決的難題。」陣內彷彿在敘述親身經驗。你是不是也曾失去好友？我心裡這麼問，卻沒說出口。

下了電車後，我們轉搭公車。公車沿著平緩的上坡蜿蜒前進，不久我們便看見田村守。他在立體停車場的調車平台前指揮車輛。

「家裁調查官來啦！喲喲喲！」陣內裝熟般舉起手，走上前。田村守體格壯碩，但臉上長著青春痘，仍帶有一抹稚氣。

「你們好……」田村守簡短地打招呼，接著表示：「抱歉，請稍等一下，再十分鐘就是休息時間。」

「我不要。」陣內想也不想就回絕，隨即又說：「但也沒辦法，不然我到那邊的長椅坐著等你吧。爲了見你，我坐那麼久的車，走那麼多的路，如果不是看在你的面子上，我才不會多等一分鐘。武藤，對不對？」

「啊，對……」

陣內說得好像多等十分鐘是天大的恩情，其實大概是覺得乖乖聽話太沒面子。比起田村守，陣內的心智年齡更接近十多歲的少年。田村守一愣，露出哭笑不得的表情。

11

「爲什麼突然來問當年那起車禍？發生什麼事？」田村守站著跟我們交談，我心想總不能讓他一個人站著，於是起身，唯獨陣內端坐在長椅上。

「倒也不是發生什麼事，只是以調查少年案件的立場……」

雖然預先想好一套說詞，但實際開口仍有些結結巴巴。根據我的經驗，只要我的用字遣詞稍有差錯，有些少年馬上會封閉心靈。好比眼前出現一片可怕的沼澤，隨便落腳可能會深陷泥濘。然而，身旁的陣內或許嫌麻煩，竟毫無顧忌地勇闖眼前的黑暗沼澤。

「我猜你的休息時間沒多長，我就開門見山地說吧，是關於棚岡佑眞的事。你不用急著澄清，我知道你跟他現在沒有往來。」

田村守的表情宛如瞬間凍結。下一秒，他開口問「是不是又有狀況」。這樣的質疑在我們的意料中。

「你別胡亂瞎猜，我們是調查官，不是刑警。」陣內大聲強調。

陣內曾大聲告訴我「說話愈大聲愈有說服力」，但在我聽來，他那句話一點說服力也沒有。

「我跟佑眞很久沒聯絡。幾年前，我還會寄賀年卡給他，但他沒回寄……」

「棚岡沒寄賀年卡給你？」

「我擔心他不喜歡收賀年卡，就沒再寄。」

「眞了不起。」陣內稱讚。

「這有什麼了不起？」

「光是能判斷會不會給別人添麻煩，就很了不起。」陣內一臉認眞。田村守似乎以爲陣內是在安撫他的情緒，但依我看來，不會考慮會不會給別人添麻煩的陣內，或許是打心底佩服。

「直到現在，我仍常常想起那場車禍。雖然記憶模糊，但畢竟當時受的打擊實在太大。」

「你們是一起上學的好朋友？」我試著回想小時候的情況。就讀小學的我，習慣一個人上學，但在低年級時，似乎跟附近的朋友一起上學過一陣子。「你們三人感情很好嗎？」

「我們三個從幼稚園就同班，而且身高差不多。」

「就像組樂團，最好是三個人。」陣內突然插話。

「四、五個人的樂團也不少。」我反駁道。

「四、五個人可組樂團，一個人也可組樂團。九個人可打棒球，十二個人可組十二生肖。」陣內開始胡言亂語。

「當時我才小學三年級，還是個小屁孩……啊，現在的我也不算是大人，這點我相當清楚，但那時候的我比現在單純許多，依然相信『樂於助人』或『努力一定會有回報』之類的教誨。榮太郎還天真地說想當漫畫家……」田村守提到那名車禍身亡的孩子。「至於我，則是想當職棒選手，當然現在知道是不可能的事。」

看他的臉孔晒得黝黑，於是我問：「但你沒放棄打棒球？」

「我整個高中一直在打棒球，還很乖地理平頭。」田村守摸摸腦袋。「離開棒球隊後開始留頭髮，有陣子簡直像刺蝟，直到最近才逐漸不會亂翹。」

「職棒選手這條路並不好走吧？」陣內的語氣彷彿把自己當成前輩。

「我們的棒球隊其實表現得很好，在高中聯賽打進前八強。後來遇上強校，那場一直打到第九局都同分，我本來期待發生奇蹟，事實證明人生沒那麼好混。到了九局下，我在滿壘的情況下發生捕逸的失誤……」

「哦，暴投的意思嗎？」陣內平淡地應道，難以分辨他對這個話題有沒有興趣。

儘管不太瞭解棒球，我也曉得暴投和捕逸的差別。投偏叫暴投，原本能接到的球卻沒接到，則叫捕逸。依田村守這句話判斷，他的守備位置應該是捕手。

「不是暴投，是捕逸……」田村守聳聳肩，重重嘆氣。

「一個名爲『守』的捕手居然失誤，眞是不可思議。」

「類似這樣的冷笑話，我聽過幾萬次。」

「幾萬次和第一次的價值完全不同。話說回來，你們能跟強校打得難分難解，應該要知足。」

「這種安慰的話也一樣。」

「聽過幾萬次吧？」陣內雙手交抱胸前，得意洋洋地點頭。他沒從長椅上起身的意思，反倒蹺起二郎腿，一副獨占長椅的高高在上姿態。

「你心裡有恨意嗎？」

「沒什麼特別的感覺。反正我的程度根本當不上職棒選手，打棒球既能鍛鍊身體，又讓我玩得很開心，我一點也不後悔。前幾年我的生活中只有棒球，今年要好好用功讀書。」

「我不是說這個。我問的是十年前那場車禍，你心中還有恨意嗎？」

「主任，閒聊和敏感問題請別放在同一個話匣子裡。」我忍不住提醒。

「噢，你是指那個……」田村守的雙肩微微下垂，「我談不上來……聽說那個人放出來了，隨時可能走在路上？」

田村守使用「那個人」，而沒使用那傢伙、那個男人、凶手，或是更輕蔑的字眼，算是相當理性。

「嗯，是啊。」陣內似乎不打算告訴他具體的訊息。

「要說完全不恨，是騙人的。這種情況不是很不合理嗎？榮太郎永遠不會再活過來，那個開車不專心害死榮太郎的傢伙，卻回到社會上。不管怎麼想，都不公平。難不成這個社會是先下手爲強，先撞死人的就是贏家？」

田村守的最後這兩句話，流於偏激的情緒性發言。陣內沒制止，反倒直呼：「我明白，你說的我都明白。」

田村守愈來愈激動，似乎按捺不住，話速也愈來愈快。「一想到榮太郎無法再看到最喜歡的漫畫，凶手卻能看得無憂無慮，就覺得好不公平。」

「是不是無憂無慮，不能武斷認定……」我勉強擠出一句。驀然，我想起前幾天在棚岡佑眞的房裡看到的那幾本老舊漫畫。我一說出書名，田村守立即回答：「那是榮太郎最喜歡的漫畫。」

世上沒有時間無法化解的悲傷，但不管歷經多少歲月，悲傷永遠沒有辦法完全消失。在田村守的心靈土壤中，依然潛藏著悲傷的殘根。只要微小的契機，悲傷就會重新長成大樹，震動枝葉，挑起主人的情緒。

「每到這套漫畫的新刊發售日，榮太郎總會開心得不得了。隔天，他會告訴我們新的劇情，比直接看漫畫更精采有趣。」

聽到這裡，我忍不住瞥陣內一眼。陣內不正是這樣的人？不管是某個人的八卦趣事、電影或漫畫情節，經他轉述，有趣程度往往會倍增。並非他故意誇大其辭，而是腦袋裡存在著某種變換裝置或電流變壓器之類的東西。

「發生那起車禍後，在書店看到那套漫畫，我就會很難受，畢竟榮太郎再也無法得知新劇情。」

「就算得知，也只會覺得愈來愈無聊。」陣內不以為然。「劇情逐漸變得公式化，失去當初的感動。你那同學不必嘗到這種滋味，或許反倒是種幸福。」

「主任，這種說法太蠻橫。」

不管是面對同伴或敵人，都不該故意貶低對方最重視的東西……這是陣內經常掛在嘴邊的口頭禪。他甚至向小學生說過類似的話。

當時他豎起一根指頭，向小學生侃侃而談：

「什麼追求夢想，什麼持之以恆，什麼熱愛人群，這些教誨對你們都不重要。你們只需記住一件事，就是不要貶低別人最重視的東西。反過來說，故意挑別人珍惜的東西下手的傢伙，全是大壞蛋。

故意戲弄別人最珍貴的人或事物，剝奪別人的自尊心，甚至是靈魂，靠著這種方式抬高自己的地位——你們千萬別變成那樣的壞蛋。除非有人老愛製造麻煩，否則你們別隨便瞧不起任何一個人最重要的東西。」

當初陣內對小學生講得口沫橫飛，如今竟針對在田村守的回憶中占有舉足輕重地位的漫畫，吐出毫無同理心的輕佻評論，我幾乎不敢相信自己的耳朵。

「啊，對不起，主任不太會說話，你別放在心上。」我趕緊打圓場。

然而，接下來的發展完全出乎我的意料。田村守不僅沒生氣，反倒瞪大雙眼，指著陣內說：「啊，你就是那個人！」

「那個人？什麼意思？」我望著陣內問道。

「原來我這麼有名？」

「我就覺得你有點面熟，我想起來了。會說出『反正只會愈來愈無聊』這種失禮言論的人，世上應該沒幾個。」田村守面露苦笑，從口袋掏出手機看一眼，似乎是在確認時間。「十年前，我和佑眞在裁判所裡遇上的，就是你吧？當時我嚇一跳，佑眞和我的感想都是『居然有人會對沮喪的小學生說出那麼過分的話』。」

「那次的事，非常抱歉，後來我已深深反省。」陣內聳聳肩，「只能說，我當時太年輕。」

「可是，你剛剛又說一次。」我與田村守同時反駁。

「也對。」

「你還有臉講這種話。佑眞氣得直跳腳，發誓絕不原諒你。後來，佑眞突然努力練伏地挺身，認爲一時打不贏你，但好好鍛鍊肌肉，將來一定能揍你一頓。」

「眞是太過分了。」陣內皺起眉。

「過分的是你。」

「話說回來，那部漫畫漸漸變得不受歡迎，在雜誌上的連載也遭到腰斬……」田村守忽然「啊」一聲，露出思索的表情。

「怎麼？你終於發現那部漫畫有多難看？」陣內死性不改。我不禁暗想，那些口無遮攔的政治家身邊的祕書，大概也有這樣的心情吧。我仰望天空，湧現「或許有一個政治家的祕書一樣正看著天空」的感慨。

「不，其實，過了很多年，讀國中時，我曾去參加那個漫畫家的簽名會。」

「哦……在那部漫畫的連載遭到腰斬前？」

「不，我讀國中時，那個漫畫家在連載另一部我從沒看過的漫畫。」

「明明沒看過，卻去參加簽名會？」

「我想當面要他認眞畫完那部漫畫，特地大老遠前往東京的書店。」田村守靦腆地搔搔頭。

「那部漫畫，指的是你們讀小學時喜歡的那部？」

「是啊，但連載腰斬，單行本的結局虎頭蛇尾。爲了從前的好朋友，我希望他能把那個故事用心畫完。」

「唔……」

「那個漫畫家怎麼回答？」

「我根本沒說。」

「這麼沒常識的事，難怪你說不出口。」陣內笑了起來。

「不是，有個排在我前面的人突然抓住漫畫家，一副想動手打人的模樣。這麼一鬧，簽名會臨時中止。」

「看來這位漫畫家有個難搞的粉絲。」我對著陣內說。

「現在仔細一想，那搞不好是佑眞。」

「咦？」

「我一直沒好好想過那個鬧事的會是誰，如今總覺得就是佑眞，可惜我記不清楚對方的長相。」

「什麼意思？當年棚岡佑眞也去簽名會？」我暗暗思忖，棚岡佑眞讀國中時確實已轉學到東京的學校。

「棚餅那傢伙，目的多半跟你相同。」陣內臭著臉開口。

「主任，好歹加上『同學』吧。」

「看來你們喜歡當面談判。」

車禍剛發生不久，他們前往裁判所找陣內談判；上國中後，他們又找漫畫家談判。陣內的評語頗爲貼切。

「那部漫畫要是沒好好畫完，榮太郎未免太可憐。這麼說來，佑眞的想法跟我一樣？」田村守顯得有些開心。

「漫畫好好完結，死去的人就會爬出墳墓嗎？」

「主任！」我大喝一聲。

然而，我不禁心想，倘若當年漫畫家在簽名會上接受棚岡佑眞的建議，就算沒辦法好好完結，至少畫出比較有誠意的劇情，或許棚岡佑眞不會過度悲傷，導致行爲失控。明知這種假設性的臆測沒任何意義，我卻沒辦法阻止自己胡思亂想。當然，那位漫畫家與此事毫無瓜葛，完全是我一廂情願的念頭。

「休息時間結束，我可以回去上班嗎？」田村守看一眼手表，轉頭指著身後的立體停車場。不過，他旋即又問：「對了，你們來找我的目的，到底是什麼？」

「只是來瞧瞧前高中棒球選手的頭髮留得多長。」陣內隨口胡扯。

「什麼意思？」

「再確認一件事。你和棚岡佑眞已完全沒聯絡？」

「自從他搬家後就沒見過面。」

「漫畫家的簽名會，是你們最後一次見面？」

「那次也不算見面，只是回想起來，我覺得可能是他。搞不好根本不是他。」

「我想問最後一個問題。」

「不行。」田村守拒絕。看來，他迅速學會與陣內交談的技巧。

「棚岡佑眞對十年前的事仍心懷恨意嗎？當然，我知道不可能完全不恨，我想問的是程度。」

「所謂的程度，指的是長度，還是濃度？」

「濃度，他到底有多恨？」

田村守雙手交抱胸前，沒思考太久，旋即以高中棒球選手特有的明快口吻回答：

「我怎麼會知道？」

田村守轉身，準備走回立體停車場工作時，陣內忽然喊住他：「剛剛那件事，你說的是眞的嗎？」

「是的，我和佑眞完全沒聯絡。」

「誰問你這個？我是指比賽。」

「比賽？」

「因爲你的捕逸，輸掉比賽？」

我瞪陣內一眼，這傢伙哪壺不開提那壺。

「是啊，沒錯。」田村守的臉比剛剛更臭。「我叫田村守，卻沒守住那顆球。」

回程的電車裡，我對陣內說：

「對了，前幾天我去拜訪永瀨夫婦的家。」

陣內一愣，臉孔頓時扭曲變形。

「你想幹麼？」

「沒想幹麼。」

「他們的話，你別當眞。雖然他們不是壞人，但『殺必死』精神太強。」

「什麼意思？」

「爲了炒熱氣氛，他們喜歡加油添醋。他們提到不少我的事蹟吧？告訴你，那些多半是瞎掰。」陣內似乎十分在意我們那天聊過的話題，及交流哪些關於他的八卦消息。他擺出滿不在乎的表情，卻拐彎抹角地試探。

我認爲沒必要隱瞞，於是將當天在永瀨家聊過的內容轉述一遍，又提到我們一起聽查爾斯．明格斯的專輯CD。「非常好聽。」聽到我的稱讚，陣內感慨地說：「這年頭，連提款機的語音也不會說出這麼空泛的感想。」

「查爾斯．明格斯給人一種脾氣暴躁的印象吧？」他接著問。

「這我不清楚。」

「在演奏會的影片裡，他總一副凶神惡煞的模樣。儘管偶爾會有平易近人的時候，但一提到種族歧視問題，他馬上暴跳如雷。他寫過批評種族歧視的曲子，並以支持種族隔離主義的白人州長命名。然而，他的妻子卻是白人。」

「他不是貝斯手嗎？我以為彈貝斯的人都很低調……」這樣嫉惡如仇的性格，實在難以與貝斯手的形象聯想在一起。不過，這是我個人的偏見。

「他是貝斯手，但有時不彈貝斯。」

「真的嗎？」這種作風不就像你？雖然想這麼說，最後還是放棄。

「明格斯的曲子一向混合各種樂器，樂團只有五個人，聽起來卻宛如大樂隊的演奏。他追求的目標，就是以少數人呈現出大樂隊的磅礡氣勢。樂團規模小，志氣卻不小。大家都說，他是愛發脾氣，卻帶有幽默感的爵士樂老大哥。」

「實在是奇葩人物。」我想起永瀨對他的評價。

「有一次，他要對住在附近的人說幾句話，竟特地發電報。還有一次，他嫌演奏會上的某個客人太吵，足足說教三十分鐘，而且全被錄下來。」

真像你會做的事……我又差點脫口而出。

「而且，他曾把專輯取名為〈明格斯、明格斯、明格斯、明格斯、明格斯〉，簡直是無可救藥的自戀狂。據說，他還氣呼呼地指稱，『披頭四』樂團盜用他的爵士樂旋律。」

「眞像你會做的事。」

「別胡說八道。」

「我聽了他們的演奏會CD，發現有個團員的獨奏特別厲害。」

「你是指哈珊．羅蘭．柯克，對吧？」

「對，就是他。」

「他的獨奏眞是一絕。」陣內露出找不到第二句評語的表情。「沒人曉得他爲何能吹出那麼長的音。有人向他請教換氣法，他的回答是『用耳朵呼吸』。」

「他能用耳朵呼吸？」

「別傻了。」

此時，我的智慧型手機發出聲響。掏出一看，原來是收到一封電子郵件。

「老婆打來的？」

「不是。」寄件者是小山田俊。點開一瞧，上頭寫著：

「下星期一，孩童可能有危險。」

「這是什麼信？」

「小山田俊寄來的。」

「他想對孩童幹麼？」陣內皺起眉。

「歹徒另有其人，不是小山田俊。他說看到網路上的犯罪預告，就知道對方會不會眞的動手。」

「畢竟是那小子的專長。」

「前陣子他告訴我，有個歹徒會在生日那天攻擊孩童。」

「他曉得歹徒的身分？」

「至少知道生日。」「等等，他怎麼會知道歹徒的生日？」「天機不可洩漏。」

陣內一臉無法釋懷，接著問：

「爲什麼不報警？只要匿名通報，說那些孩童可能有危險，不就得了？」

「嗯，我就是這麼做。」「你怎麼做？」

「我不敢直接報警，於是通知學校。」

到底該不該相信小山田俊，我遲遲拿不定主意。但那些話不像信口開河，我實在沒勇氣置之不理。萬一眞的出事，我卻沒提前防範，一定會懊惱不已。煩惱許久，我決定隱藏手機號碼，打匿名電話給埼玉縣的那三所小學。我請對方加強通學路線的戒備，接著拚命強調只是聽到有人將攻擊小學生的傳聞，不知是眞是假。

「實在是毫無可信度的電話。武藤，你比眞正的歹徒更容易引起懷疑。」

我也這麼認爲。打這三通電話的過程中，一直到掛斷後，我充滿恐懼。我擔心警察會突然找上門，把我當成可疑人物帶走。雖然設定成隱藏號碼，但警察或許有辦法查出來源。而且，警察可能會認爲，這是「預告犯罪」的電話，不是好意提醒的電話。明明沒做任何壞事，甚至做了一件善事，卻把自己搞得像懸案凶手般緊張兮兮。

「結果呢？」

「警察沒找上門。」

「眞的出事了嗎？」

「沒有。」那一整天，我坐立難安，每隔一段時間就上網搜尋新聞，卻沒找到相關報導。「小山田俊查過，那天有警察和家長沿路戒備。」

「所以歹徒臨陣退縮？」

「也可能是打一開始就不打算付諸行動。不過，從小山田俊這封信看來，危機尚未解除。」

「那個歹徒死性不改，想再試一次？他生日不是過了嗎？」

「你問我，我問誰？」

根據小山田俊信中的描述，歹徒似乎想出一個與生日無關的藉口。當然，動機本身十分牽強，歹徒只是想要一個冠冕堂皇的理由。總之，歹徒似乎不打算放棄預告的犯罪。

「你打算怎麼辦？再打一次電話？」

「我才不要。」我不想吃同樣的苦頭。「這次眞的會被誤認爲是歹徒。」而且，我不想再嘗到那種惴惴不安的滋味。

「原來如此，確實是別打比較好。」

「可是……要是有什麼萬一，我一定會非常後悔。主任，你不這麼認爲嗎？」

「肯定會後悔到欲罷不能。」

「後悔到欲罷不能……這句話怪怪的。」

陣內沉默不語，凝視著電車內某處半晌，開口：「不太可能眞的出事啦。」

「我該怎麼做？」

「不必通報，忘掉這件事吧。」陣內說得輕描淡寫，我反倒更擔憂。

「但……」眞的出事怎麼辦？

「武藤，你再拚命提防，會出事的時候就是會出事，不會出事的時候就是不會出事，對吧？跟我們的工作一樣，不管付出再多，有的少年會改過向善，有的少年卻是執迷不悟。」

「不過……」

陣內皺起眉，一副嫌我囉嗦的表情。

「主任，你爲少年付出過嗎？」

大概是電車行進的聲響太嘈雜，陣內似乎沒聽見這句話。

12

付諸行動後，我不禁懷疑這到底是不是正確的決定。

天氣晴朗，沒半點風，整個住宅區彷彿不存在絲毫陰影。一群揹著書包的小學生走在路上，看起來天真無邪。我實在無法想像有人會刻意破壞這樣和平的景象，如同無法想像有人會在寒冬到海邊游泳。望著這一幕，我有種錯覺，彷彿世上所有人都是純潔無瑕的。

「主任，你從哪裡弄來這玩意？」我指著身上的套頭式背心問。不僅是顯眼的螢光色，還印著「防犯」兩字。

「路邊撿來的。」

「哪一條路呢？」

陣內沒答話，與我並肩緩緩走著。

前幾天收到電子郵件後，我打電話向小山田俊詢問詳情，他信心十足地表示：「這次歹徒一定會動手。而且那三所小學中，歹徒會挑哪一所下手，我心裡也有底。」

聽他這麼說，我仍對通報學校或警察十分抗拒，於是試探性地提出建議：「我的能力有限，幫不上什麼忙，你不如告訴母親？」

「武藤先生，你在開玩笑嗎？不久前，我才利用網路寄送恐嚇信遭逮捕，要是我對母親說『在網路上發現犯罪預告』，她會怎麼想？何況，我還在試驗觀察期間，不是得安分一點？」

我心頭同時浮現數句話。第一，試驗觀察的目的在於確認未成年人的狀態，並非在這段期間當乖寶寶就沒事。第二，就算抱持這種敷衍的想法，也不要對身爲調查官的我說出口。第三，沒辦法拜託監護人幫忙的燙手山芋，請勿丟到我手上。第四，別把我捲進麻煩。第五，算我求求你。第六，不要讓我傷腦筋。

「這件事超出我的能力範圍。」我老實承認。

「可是，武藤先生……願意認眞聽我說話的人，我只想到你。」

一旦受到需要，便難以拒絕對方的請求。小山田俊吐出這句話，多半是看準這一點。

無計可施，我只得找職場的上司商量。所謂的上司，當然就是陣內。本來預期他會給我「這麼麻煩，當成不知道就好」之類的消極答案，沒想到他既熱血又充滿幹勁：

「求人不如求己。不確定有沒有嚴重到要報警，你又不放心置之不理，只能靠我們到現場巡邏。」

我這才驚覺不該找他商量，但後悔已太遲。

「木更津，我和武藤下週一會晚一些進辦公室。」陣內當場宣布。

木更津安奈沉默地瞥陣內一眼，表情毫無變化。接著，她似乎認爲多少該說句場面話，於是冷冰冰地問：「明白。兩位要去旅行嗎？」

「是到埼玉縣巡邏。」

「有這個必要嗎？」

「我們兩個大叔，一大清早在路上觀察小學生，肯定會被當成可疑人物，還是打扮成巡警比較保險。」陣內氣定神閒地踱步，不時朝經過的小學生粗聲粗氣喊一聲「辛苦了」。

看著揹書包的孩童，我回憶起以前負責輔導的少年少女。他們，或她們也曾歷經這樣的時期。當時是否天眞無邪，像田村守說的，依然相信「樂於助人」或「努力一定會有回報」之類的教誨？或者，早在那段時期，心底便不斷積累對人生的抱怨與不滿，潛意識裡早棲息著黑色陰影？有些人是前者，有些人是後者。上小學時，我的喜怒哀樂都源於半徑數十公尺內發生的事，整天只想著聖誕節或生日怎麼還不來。那是個狹小的世界，也是我生活的全部。然而，要說現在的我生活在寬廣的世界，倒是沒這種感覺。到底哪一邊的世界比較狹隘，我實在無法分辨。

「主任，你小時候最常想的事是什麼？」

「愛擺架子的老爸很煩。不過，全天下的老爸都是那副德性吧。」

「啊……」我忽然想起永瀨夫婦提過的八卦消息。
「怎麼？」
「主任，最近你是不是跟父親見過面？」
「什麼？」
「之前你說和房東在咖啡廳商量遺產分配，其實那是你的父親吧？」
「你的意思是，我的老爸是房東？」
「不，我猜對方根本不是房東，而是你的父親。」
陣內緊盯著我，我不禁有些膽怯。
「永瀨是不是跟你說了什麼？」
「沒有……呃，有。」
「武藤，我和那傢伙，你相信誰？」
「那還用問嗎？」我想也不想地回答。不等我講完，陣內便應一句「我就知道」。
此時，眼前一名小女孩突然朝我揮手，我心頭一驚，難道她認識我？但下一秒，背後另一名小女孩奔上前。身高差不多的兩人，轉身邁開腳步。
「這些丫頭，以後也會變成任性又膽小的大人。」
「請別說這種掃興的話。」
「這可不是壞事。動物的世界裡，任性又膽小才能活得久。在這樣的基礎上，我們該煩惱的是如何建構安全的社會。最近不是流行『防呆』嗎？就是建立一種做錯事也不會發生危險的機制。」

這個概念我也聽過。例如，家裡的自動咖啡豆研磨機，沒關上蓋子，就不會開始研磨。這是防止使用者的手指伸進研磨槽，誤觸啓動鈕。「英文是『foolproof』，直譯就是『對愚蠢具有抵抗力』吧？」

「沒錯。即使提醒『請小心喔』，還是會有人搞錯。相同的道理，叮囑『不能做會讓別人感到不快的事』，還是有人會做。一大群生物在狹窄的空間裡過活，一定會發生爭執，這是自然界的定律。我們應以這個觀念為前提，思考如何減少爭執，對吧？」

「你要不要寫一首曲子來談這件事？」

「怎樣的曲子？」

「我也不知道，像是把曲子命名為〈放著不管總會起爭執〉。」

「怎樣的旋律？」「我哪會知道。」

一輛車無聲無息靠近。當然，車子行駛時不可能完全安靜，但在我看來，那輛車彷彿屏住呼吸，以為會靠近，卻悄悄停在路邊。那是老舊的白色轎車，剛一停妥，一個男人立刻衝出駕駛座。男人的體格壯碩，簡直像體育老師。國字臉上浮現猙獰的表情，大步朝人行道走來。或許是他腳下毫不猶豫，我以為他是家長，專程開車送來孩子忘記帶的物品。

「武藤，不太對勁。」

聽到陣內的提醒，我赫然回神。明明早有心理準備，但真正遇上最壞的情況，腦袋卻不願承認。

男人握著一把利刃。路上的小學生看見男人，卻沒逃走。他們根本沒想到這個大人會傷害自己。

「喂！」陣內大步上前。男人察覺我們在場，舉起手中的利刃。

「大家快逃！」我朝人行道上的小學生大喊。孩童一陣喧鬧，小女孩發出尖叫。那道高亢的聲音，明顯觸怒男人。青空萬里無雲，彷彿睜大眼，注視著這件驚天動地的大事。

我的話聲顫抖，雙腿使不出半點力氣。

尖叫再度響起，男人揮舞著利刃，撲向一群小學生。

無論如何得救他們才行。我的腦袋這麼想，身體卻無法動彈。

幸好陣內成功擋下男人。他拿著一根長棍，頂向男人的腹部。見男人停下腳步，陣內繼續揮舞長棍。陣內的手上何時多出那根棍子？仔細一瞧，棍子的尾端，也就是陣內雙手抓住的地方，有一塊寫著「熱騰騰便當」的布。原來是豎在路旁的店鋪宣傳旗幟。

轉頭一看，路旁豎著另一桿旗幟。陣內究竟是何時取來的？我趕緊衝過去，伸手一拔，輕輕鬆鬆拔起。我將旗桿瞄準男人。

「別害怕，交給我們處理。千萬不要靠近，快去學校。小心不要跑到馬路上，太危險了。」

陣內表現得相當冷靜。他拿旗桿當武器，牽制著激動又憤怒的男人，一邊向周圍的孩童大聲下指示。聽到他的囑咐，我才想到孩童慌張地走上馬路，確實非常危險。

「別害怕，注意看車。趕緊上學！」陣內再次下達簡短的指令。

「不要擔心，保持冷靜。注意車子，快去學校。」爲了甩開心中的恐懼與緊張，我盡量扯開喉嚨大喊。

男人當然不會乖乖待在原地。即使面對我和陣內的棍子，他仍不斷左右移動，想找機會撲向孩童。

實際上，可能只對峙兩分鐘左右，我卻有經過一小時的錯覺。

男人咒罵一聲，接著大吼，嘴裡彷彿會噴出黑色濃煙。他用力一跺，奔向孩童。轉頭望見，孩童全怕得尖叫。

陣內的動作迅速。他大喊著「先過我這關」，追上去奮力一揮，擊中男人的臉。棍棒頗有彈性，像鞭子一樣彎成弧形，狠狠撞在男人的面頰。男人緊閉雙眼，摔倒在地，陣內立即騎坐在他身上。我回過神，跟著陣內一起壓制男人。

男人拚命掙扎，但陣內按住他右半身，我按住他左半身，根本動彈不得。

「你就是在網路上貼出犯罪預告的傢伙吧？」陣內緊緊壓著男人。

男人似乎比第一眼的印象年輕，或許不到三十歲。雙眼充血紅腫，不知是太亢奮、太憤怒，還是在哭泣。

「主任，快打電話報警。」

「我要是放開一隻手，他可能會掙脫。武藤，你來打。」

「我也一樣……」手機放在後方褲袋，要是轉身，搞不好會被男人推開。

「不然怎麼辦？難不成要一直抱著他？」

「我怎麼知道？」

「眞抱歉，接下來十年，你都得維持這個姿勢。」陣內認眞地向男人說。不知不覺間，一群小學生圍在四周。

「啊，你們快去學校，要老師幫我們報警。接下來不曉得會有什麼狀況，你們趕緊離開，路上注意安全。」

小學生們乖巧地點點頭，跑向學校。

「別用跑的，太危險了！」陣內大喊，但小學生們顯然沒聽見。

男人似乎放棄抵抗，掙扎的力道減弱不少，仰躺在地。他神情恍惚，不斷喘息。

「算你運氣好，遇上我們，才撿回一條命。」我先是一愣，轉頭一看，原來陣內在跟歹徒說話。

計畫遭到阻撓，哪算運氣好？歹徒恐怕和我一樣疑惑。

「我明白你有苦衷，但要是敢傷害孩童，保證你會後悔萬分。當然，你會做出這種事，想必也是心情上太煎熬。」

男人瞪陣內一眼，陣內依然滿不在乎。

「我知道你想說什麼。『你一點都不懂，少大放厥詞』，對吧？老實告訴你，我早就聽膩了。犯案的少年少女一天到晚只會這麼說，我簡直像是領薪水專門聽這句話。一點都沒錯，我根本不瞭解你，對你也不特別感興趣。啊，不過我一直很好奇，你們這種自暴自棄打算鬧事的傢伙，爲何總喜歡向手無縛雞之力的孩童下手？既然準備大鬧一場，毀掉自己的人生，怎麼不去挑戰那些難以對付的大壞蛋？我不是在調侃你，而是眞的想不通。我沒強迫你當正義使者，只是除掉萬惡的大壞蛋，人生不是更可能出現轉機？」

男人的呼吸愈來愈粗重，顯然陣內的話沒傳入他耳中。

「聽著，不准你再欺負弱小。不對，拜託你別再這麼做，我最討厭這種人。」

「主任，這跟你的喜好無關。」我忍不住插話。

「試著對一件事全力以赴吧。投手全力投球，打擊者全力揮棒。取笑全力投球的人，只是在逃避現實。」

我大感贊同，正要點頭，忽然想到一個問題。萬一歹徒表示「下次會行凶會全力以赴」就糟了，我不由得心生不安。陣內似乎注意到這個盲點，趕緊補一句：「啊，犯罪行爲例外。」

嗯，我終於能點頭。

「要是心情不好，你不妨寫寫曲子、彈彈樂器。」陣內又犯了想到什麼說什麼的毛病。「我們剛剛就腦力激盪出一個不錯的曲名。武藤，那首曲子叫什麼？」

我根本不想參與對話，卻仍心不甘情不願地回答：「〈放著不管總會起爭執〉啦。」

不知哪個方向傳來逐漸靠近的警笛聲，我頓時感覺輕鬆不少。

13

當時我只想拔腿逃跑……事後陣內向我坦白。既不想接受警察的問話，也不想上電視新聞，這兩件事都麻煩得要命。我不禁懷疑，只要跟陣內扯上關係，絕大部分都是麻煩事。可惜，再怎麼想逃，我們壓著歹徒，根本無法離開半步。到頭來，陣內還是得面對最害怕的麻煩事。

主標是「歹徒埋伏路上傷害小學生」，副標是「兩名公務員立大功」。

或許是歹徒沒得逞，媒體並未連續炒作這則新聞，報紙也沒刊出我和陣內的全名。

「人怕出名豬怕肥，誰都不知道最好。」這是妻子的感想。

事情順利地低調落幕，陣內卻有些失望。據說，他曾緊張兮兮詢問總務課「如果『熱騰騰便當』找我當代言人，算不算兼副業」。

職場上幾乎沒人知道，只有少數朋友偶然看見報導，寄電子郵件關切。不過，陣內那邊倒是引來不少稀客。

陣內待在鄉下裁判所時，接觸過的少年中，有些後來搬到東京。他們偶然看到新聞，猜想「陣內」就是自己認識的調查官，於是懷著拜訪恩師的心情來裁判所。然而，我不禁納悶，新聞報導我們是公務員，並未明說是家裁調查官，更沒公布任職機關，他們是怎麼找到的？

「網路上有人公布細節情報。」陣內詢問來訪的少年，得到這個答案。「不曉得公布的人是誰，網路眞是可怕。不僅謠言滿天飛，有時還會創造出新的事實。」

即使得知公務員的頭銜和全名，還是不太可能查得出就是「陣內家裁調查官」。據說，有人目睹陣內拿便當店的旗桿制伏歹徒，投稿到ＳＮＳ軟體，加上新聞媒體刊載一些孩童的感想，其中有一句「陣內先生要我們建議校長，在校園裡蓋一座他的銅像」。綜合以上資訊，一名認識陣內的少年推測「這個人多半是當年幫助過我的調查官」，並發表在網路上，另一名曾受陣內照顧的人回應「應該沒錯」。你一言、我一語的熱烈討論後，又有人提供「陣內調查官現在似乎任職東京的家庭裁判所」的消息。

陣內的訪客陸陸續續出現，年齡和性別都不盡相同。

「一出名親戚就會變多，指的便是這種狀況吧。提醒你們，即使我變成有名的風雲人物，也沒辦法抬高你們的身價。拿我的事向別人吹噓，只會凸現自身的膚淺。」陣內每次都會對少年少女如此強調，外加深深嘆一口氣。

少年少女的反應不是苦笑或哈哈大笑，就是愣一下，接著反駁：「陣內先生的事哪能拿來吹噓，別開玩笑了。」

「既然不是要吹噓，找我幹麼？」

陣內一問，有人回答「來敘敘舊」，有人回答「只是太閒」，有人回答「來看壞榜樣」，還有人回答「沒特別的理由」。每個人的回答都不一樣，共通點是表情都十分開朗。

「來的都是不必再擔心的人。那些直到現在依然沒辦法好好過日子的人，不會有閒情逸致來找我。」陣內對我說。

「但我認爲來找主任的人，也不是無憂無慮。」

「世上根本沒有生活無憂無慮的人。」

我忍不住想吐槽「眼前就有一個」。

「總之，這是好事。」木更津安奈的口氣仍不帶一絲感情。

「怎麼說？」

「認識的人幹了傻事，誰都會覺得有趣。即使稱不上增添生活樂趣，多少能帶來愉快的心情。」

「我可是拯救一群孩子，不是幹傻事。」

「也對，但蓋銅像還是省省吧。」

「果然太奢求了嗎？」陣內的神情認眞，遺憾地搖搖頭。「那能蓋什麼？」

「你以爲大家錢很多嗎？不管你願不願意，下週眾人就會忘得一乾二淨。」

正如木更津安奈的預測，經過一週，沒人再提起我和陣內的英勇事蹟。偶爾和妻子聊到，也像是憶起很久以前的奧運柔道比賽。

「眞是了不起。」小山田俊稱讚道。

我和陣內能及時阻止歹徒隨機傷人，靠的全是小山田俊的精準分析，這一點毋庸置疑。小山田俊有權利大喊「我才是眞正的英雄」，但案發幾天過後，我上門造訪，他卻根本沒放在心上。

「你的預測成眞，爲什麼你似乎不太驚訝？」

聽我這麼問，小山田俊回答：

「就是知道猜中的機率很高，才會請你幫忙。」

得知沒有孩童受傷，他也沒露出鬆一口氣的表情，只不斷重複「眞是了不起」。

「你是指哪一點？」我問。

「事情沒鬧大。」

「有那麼了不起嗎?」

「當然,一旦發生駭人聽聞的傷害案件,媒體一定會炒作一陣,孩童心中也會留下陰影。但在我看來,這次的事對孩童造成的衝擊應該不大。」

「是嗎?衝擊不小吧?」上學途中突然有人拿刀衝過來,就算不是小學生,也會受到相當大的驚嚇,而且勢必會留下後遺症。

「不,雖然他們留下可怕的回憶,卻學到冷靜處理就能守住和平的教訓。」小山田俊輕描淡寫,態度比我還像大人。

如今回想,當時陣內確實非常沉著,簡直像在制伏一頭出現在路上的危險肉食性動物。

「正因如此,眾人才會那麼快失去興趣,不再談論。大人表現得愈慌張,愈會在孩子的心中留下陰影。」

「那就好。不過,這全是你的功勞。多虧你分析網路上的犯罪預告,預先得知歹徒的計畫。」

「不,是武藤先生的功勞。你相信我,並且採取行動。」

「當英雄的感覺不差,但不會再發生相同的事吧?」

「犯罪預告永遠不會從世上消失。以前的人要發洩情緒,得費心製作詛咒用的稻草人，現在的人敲敲鍵盤就行，搞不好恐嚇的文字還能複製貼上。要讓這種情況消失，恐怕是天方夜譚。就在剛剛，一個工讀生講一堆店長的壞話，結論是總有一天要殺掉店長。另外，有人聲稱想綁架小學生，正招募夥伴。這樣的留言，在網路上多得數不完。」

「可是，跟這次一樣付諸行動的……」

「不多，但不是零。」小山田俊的答案與上次相同。

「之後再發現這種人，請別找我商量。」

小山田俊像孩子般笑了起來。不過，他既沒同意也沒拒絕，這一點實在不像孩子。

「武藤先生，你放心，最近讓我覺得『這個人一定會動手』的留言不多，何況，我的預測也不見得每次都準。」

我道別準備離開，在門口穿鞋時，突然有人粗魯地轉動門把。我不禁一愣，只見小山田俊的母親走進來。

「啊，武藤先生，你來了。」

「來跟俊聊兩句。」

「那孩子還好嗎？」她急躁地脫下鞋子。雖然不是典型的好母親，但看得出她十分關心兒子。

「他相當努力。」

「『相當努力』是什麼意思？能不能說得具體一點？」她的問題很抽象，卻向我要求具體的答案。

「努力向他人伸出援手。」

「在家裡伸出援手？」她似乎以為我在開玩笑。

14

道路盡頭看得見裁判所，我熟稔地取出證件，準備通過職員專用閘門。陣內的背影就在前方，當然，那背影一點都不稀奇，稀奇的是陣內後方數公尺跟著一名年輕男子。周圍都是裁判所的職員，那個人混在其中，一副想向陣內搭話的模樣。他小跑步奔向陣內，倏地停住，又下定決心般加速，最後卻緊急煞車。看著他不自然的行動，我不禁起疑，於是悄悄尾隨觀察。不知不覺間，我的腳步受到影響，簡直像在跟蹤對方。木更津安奈走到我身旁，冷冷地問：「你在玩一二三木頭人嗎？怎麼走走停停？」

「我覺得那個人有些古怪。」想不出隱瞞的必要，我指著前方解釋。

「想跟主任拉近距離，一顆心卻有如小鹿亂撞的少女？」木更津安奈一頓，又否定：「似乎不是。」

「會不會是上次那個歹徒的同伴，想報仇又擔心主任察覺殺氣？感覺不像。」

陣內抵達裁判所門口時，突然加快腳步。原以爲年輕人會跟著奔跑，他反倒停下，似乎已放棄。

見年輕人打算離開，木更津安奈上前喊「請問一下」。對方轉過身，我發現他的體格比想像中壯碩，穿牛仔褲，披著一件外套。他膽怯地發出「咦」一聲，神情狼狽，帶著三分心虛。

「你是不是想找陣內主任？看到新聞，想找他敘舊嗎？」遇到這種情況，木更津安奈總表現得十分果決。

年輕人的臉微微抽動，是我熟悉的反應。向涉案少年提出問題，少年猶豫著不曉得該不該打開窗戶時，就會露出那種表情。所謂的窗戶，指的是「心靈之窗」。我知道這樣的形容挺讓人害羞，但想不出更好的形容。總之，煩惱要不要信任我時，他們會不由自主地扯動窗簾。

「自從電視播出那則新聞，好幾個人來找過他。」我跟著解釋。

「明明不是値得景仰的人。」木更津安奈說道。

「呃……我是……」年輕人吞吞吐吐，頗介意周圍的目光。

「告訴我們名字，我們會幫你轉達。陣內主任和我們在同一個單位。」

「我們主任總會在那裡被攔下。」我指著裁判所門內深處。今天陣內多半又忘記帶證件。沒帶證件就得通過感應閘門，偏偏他的西裝上下都有金屬製的雜物，最後演變成必須清空每個口袋，警衛早失去耐性。

年輕人稍微挪動角度，往建築物裡探看，噗哧一笑，脫口而出：「眞會給人添麻煩。」

「很刺眼吧？」木更津安奈板著臉問。

「咦？」

「我們在那種人底下工作，你應該能體會我們有多辛苦。是不是覺得我們閃耀著偉大的光輝，讓你睁不開眼？」

「呃……」

「你和陣內主任很久沒見了嗎？」我斟酌著用字遣詞，既不能太裝熟，又不能太嚴肅。

「這個……是我的聯絡方式。請幫我轉告他，有空打電話給我。」

我接過一張摺疊的小紙片。上頭是一排手寫的數字，多半是手機號碼。

「你叫什麼名字？」木更津安奈的語氣冷硬得像刑警在問話。

年輕人煩惱片刻，才開口：「我姓若林……不知他還記不記得。」

幸好陣內記得很清楚。一聽到「若林」這個姓氏，立刻喃喃低語：「原來是他。」

接過寫有手機號碼的紙片，他愣愣看著，又咕噥：「眞是巧合。」

當然，我的職責到此為止。接下來，就由陣內跟那名年輕人聯絡，要聊天敘舊、喝酒尋歡、上天下海都不關我的事。我的心情像安排相親的家長，巴不得把時間交給小倆口。

沒想到，陣內突然抬起頭，冒出一句：「武藤，你一起來吧。」

「去哪裡？」

「地點還沒決定，多半是居酒屋。」

「跟剛剛那個小夥子？」

「他快三十歲了，不是什麼小夥子。」

「這麼久沒見，你們一定有很多話想聊，我還是別去湊熱鬧吧。」

「這件事和你多少有點關係。」

「世上絕大部分的事都和我多少有點關係。」

「實在是精闢的見解。」

「主任，這是你以前對我說過的話。」

「我果然不是省油的燈。」

「總之，我不打算參加你們的聚會。」

「真的不來？」「不去。」「不後悔？」「不後悔。」

說完該說的話，我轉身回到座位。這次拒絕得如此斬釘截鐵，我感到非常安心。若要爲我的態度打分數，相信可以拿到一百分。
然而，當天晚上，我卻在居酒屋「天天」裡，跟陣內與那個年輕人大喊「乾杯」。果然，世上最不可靠的，就是替自己打的分數。
「他是若林，這是武藤。」陣內以最失禮的方式介紹我們認識。
若林有著修長的臉孔及高挺的鼻子，頭髮理得很短。乍看之下，眼神異常銳利，幾乎只能以「目露凶光」形容，但那是天生的長相造成的刻板印象。
「那雙眼睛不曉得惹來多少麻煩。」陣內解釋。
「剛上國中，一群學長就團團圍住我。」
「所以，他陰錯陽差地加入不良幫派。」
「你和主任是怎麼認識的？」我喝一口啤酒後問道。
若林瞥陣內一眼，彷彿等待教練下達指示的棒球選手。可惜，教練顯然根本沒把心思放在比賽上。
「很久以前受過他的關照。」若林的話聲微弱得幾乎聽不見。
「主任，你看吧。」
「看什麼？」
「他一定想跟你好好敘舊，卻顧慮到我在場，不太自在。」
「哪有什麼舊好敘。」陣內粗聲粗氣地反駁。「而且我說過，這件事跟你多少有點關係。」

「眞的跟我有關？」我不禁望向若林。可是，若林似乎也一臉納悶：「跟他有關？」

「是啊。若林，接下來要談的事非常重要，或許會讓你有些不舒服，但你要忍耐。」

「主任，你未免太強人所難。」我忍不住為若林叫屈。然而，陣內的神色比平常嚴肅，若林露出壯士斷腕般的表情，我不由得懷疑他有把柄落在陣內的手中。

「武藤，棚餅的案子是由你負責吧？」

遵守保密義務！我差點大喊一聲。

「棚餅？」若林聽得一頭霧水。

「那傢伙十年前經歷一場車禍。正確來說，是在上學途中，朋友遭遇一場車禍，失去生命，對吧？」

「嗯，是啊。」我不禁想問「那又怎樣」。

「當時的肇事者，就是若林。」

我心頭一驚，狠狠瞪陣內一眼，以為是一句荒唐又失禮的玩笑話。可是，陣內的雙眸不帶一絲笑意。

「咦？」我望向若林。

就是他？

就是這個人開車撞死榮太郎？

當然，不管多麼仔細打量，也不可能看出端倪，但我仍忍不住猛盯著若林。

接下棚岡佑眞的案子後，我跟他的伯父談過，也曾拜訪田村守。因此，關於十年前那場車禍，我不知不覺習慣與受害者站在同一陣線。

這場嚴重的車禍宛如晴天霹靂，奪走一名小學生的性命，徹底扭曲目擊的同學的人生，我曾感到義憤塡膺。

滿腔的怒火，讓我無法原諒肇事的駕駛。

要我將如此罪大惡極的人，與眼前低頭不語的怯懦青年畫上等號，腦筋有些轉不過來。

陣內似乎察覺我的心情，聳聳肩說：「武藤，你應該很清楚。社會上鬧得沸沸揚揚的重大案件，犯人往往不明白自己怎會捅出那麼大的婁子。難道你以爲凶手是輛會吃人的油罐車妖怪，流著口水踩下油門，以殘殺小學生爲樂？」

「你的形容有點古怪。」我不禁抱怨。油罐車本來就是車子，還踩什麼油門？

「可是，眞正的肇事者，卻是眼前這個曾遭流氓學長包圍，嚇得全身發抖的若林。」

犯下重大刑案的少年，新聞媒體往往會形容得猶如蛇蠍，導致民眾恨得咬牙切齒，巴不得地獄之火早日將這個人燒成灰燼。然而，實際一看，發現原來是平凡少年的例子並不罕見。這些少年多半沒任何奇特之處，可能生活環境不太好，或較不守規矩，卻還不到貼上「異常」標籤的程度。當然，偶爾會碰上似乎是生理方面出現問題的少年，完全無法理解一般常識和道德觀，或無法判斷事情的輕重，但畢竟是少數。

若林一直縮著肩膀，一語不發。

我想起棚岡佑眞的伯父說過的話。當時他喝乾麥茶，放下杯子，淡淡拋出一句：「當時肇事的少年並未判死刑吧？」

言下之意，顯然是對這樣的判決不服氣。他認為應該判犯人死刑，我能理解他心中的不滿。

當初那個「應該判死刑」的少年，此刻低著頭坐在我面前。

我一時不知該說什麼，又想不出合適的話題，只好問：「你是看到電視新聞，想起陣內主任，才來拜訪他嗎？」

「啊，對。恰巧看到新聞，突然想見見陣內先生。」若林鬆一口氣，像是終於等到能回傳的球。

「同樣是發生在『上學途中』的案子，你心裡一定有些疙瘩吧？」

「主任，請顧慮一下他的心情，別講這種話。」

若林皺起眉，卻沒發怒，只有氣無力地表示：「沒關係，反正是事實。每當在電視新聞或報章雜誌上看到類似的字句，我的情緒就會起伏不定。這次的小學生傷害案，也是我一直掛在心上，才會上網搜尋詳情。一查之下，居然看到陣內先生的名字，還得知他在東京，我嚇一跳。」

「你是什麼時候搬到東京的？」

「大概五年前。」

不久，若林起身上廁所。沒等我發問，陣內主動說：「這小子根本稱不上不良少年，不過是有點喜歡熬夜。」

「原來如此。」

「母親在他小時候失蹤，父親獨力將他扶養長大，說起來挺了不起。但父親有個毛病，會在家裡發酒瘋。」

「啊……」

「這也怪不得他父親，實在是工作環境太惡劣，累積過多壓力，連我都看得出來。」

「惡劣？」

「上司耀武揚威，把員工當狗使喚。總之，他父親的日子挺不好過。因此，若林上國中後，就開始學壞。」

「車禍又是怎麼發生的？」

「那時他剛考到駕照，興奮得整晚開著向學長借來的車兜風。唉，他大概是覺得在外面比在家裡輕鬆。到了清晨，他的精神變差，沒專心開車。」

於是，他把車子開上人行道，朝棚岡佑真、田村守、榮太郎撞去。光是想像，我便一陣毛骨悚然，忍不住要閉上眼。

若林從廁所回來，陣內問：「對了，你在做什麼工作？」

「我拿到救護員的執照……」若林似乎不太想談，話聲比剛剛微弱。

「救護技術員？」我問。

「啊，對。」

聽到這個職業，我的腦海頓時浮現「贖罪」這個字眼。

既然犯了罪，便得想辦法彌補。或許若林懷有這種念頭。當然，這麼做很好，但我總有些難以釋懷。榮太郎不可能復活，若林不管做什麼，都無法消弭此一罪業。

可是，這些話不能對若林說。此時，陣內忽然開口：「若林，你該不會以為從事救人的工作，就能彌補過錯吧？我要提醒你，害死一條生命，是沒辦法拿另一條命抵銷的。」

陣內這番話過於嚴厲，但我沒制止。

若林浮現虛弱的微笑。我好奇他在笑什麼，他緊接著解釋：「陣內先生，你十年前就說過了。」

「我說過了？」

足球選手上半場失誤丟掉一分，下半場奪回兩分就能反敗為勝。但你的情況完全不同，不管你使盡吃奶的力氣奪回幾分，都無法反敗為勝，畢竟人死不能復生。世上有些事能挽回，有些事不行……

十年前，陣內似乎是這麼告誡他的。

「陣內先生還說，我只能拚命思考該怎麼做。」

再怎麼拚命思考，恐怕也找不到正確答案。但除了拚命思考，沒有第二條路。

「我不記得了。」陣內應道。

「主任不認舊帳的功力眞是一把罩。」我大感欽佩。

「由於陣內先生告誡過我，所以考救護員執照，並不是抱著彌補過錯的想法。我只是覺得，既然要工作賺錢，這是個好選擇。」若林靜靜解釋。

「救護員也是消防員的一種？」

「這樣的想法會不會太膚淺？」

「沒什麼不好，這份工作挺辛苦的吧。」

「這些都無所謂了……反正最後沒當成。」若林咬緊牙根，表情微微扭曲。

我一時不明白「沒當成」的意思。

「為了考這張執照，我特地去讀專門學校。」若林接著道。

「不敢相信你那老爸會願意出錢。」

「陣內先生，你還記得我父親？」

「是啊。」

「他曾提到你……就是尾牙餐會的事。」

「哪件事？」

「你忘啦？」若林嘆一口氣，繼續道：「他不久前過世了。」

我無法判斷「不久前」指的是什麼時候，但若林語氣平淡，不帶絲毫感傷。

「由於他過世，我的手頭多一筆錢，便拿來繳學費。」

「啊……」陣內像是忽然想起，「你有沒有按時寄錢給受害者家屬？當初是你答應的。」

「這不是理所當然的事嗎？我寄的都是打工賺來的錢。」若林的眼神帶著幾分怒意。

聽起來沒什麼，但若林為了考取救護員執照，到專門學校上課，又要打工賺錢，生活肯定不輕鬆。雖然如他所說，這是「理所當然的事」，但我深知要實踐並不容易。

「那就好。」陣內乾脆地打住。「救護員的執照，你考到沒？」

「考到了，但沒獲得錄用。」

這又是爲什麼？我不禁望向陣內。
「面試沒過？」陣內問。
「大概吧。」
「你該不會傻傻地說出『我十多歲時曾開車撞死人，但我會努力工作』這種蠢話吧？」
根據《少年法》第六十條，未成年時期犯的罪，即使遭判刑事處分，也不會牴觸將來取得各種資格的相關法令。若只是保護處分，更不用說。這表示不管若林犯過什麼罪，離開少年院後，要考取救護員執照沒有任何問題。然而，畢竟是書面上的規則，實際狀況仍會受到社會觀感及道德標準的影響。
「我說了。」若林有氣無力地坦承。
「眞是的，明明沒必要，幹麼特地說出口？」
「可是……」
「舉個例子，你會跟面試官說『我今天早上吃吐司』或『來面試會場途中遇見一個正妹，害我臉紅心跳』之類的話嗎？不會吧？這是不必要的事。雖然並非不可告人，但說出來沒任何意義，不是嗎？你大概是認爲『在面試時坦承自己的過去』相當偉大吧？告訴你，那一點都不偉大。除了像〈傻子伊凡〉（註）那種童話故事，誠實的人從來不會有好下場。」

遭到揶揄和數落，若林沒生氣，僅僅回答：「我很喜歡〈傻子伊凡〉。」
「你讀過？」
「在少年院讀過。陣內先生，你也讀過嗎？我挺喜歡那個故事。」
「你喜歡的是靠腦袋工作那一段嗎？」
若林面露微笑，「靠腦袋的工作一點都不輕鬆。」
我小時候似乎看過〈傻子伊凡〉，但記憶模糊，便沒參與對話。
「即使靠腦袋工作，結局也只是在地上撞出一個大洞。」
我不記得劇情，聽不懂陣內的意思。
「結局不一樣。」若林的口吻十分篤定。
「不一樣？」
「撞出大洞後，還有一小段。」
「真的嗎？」
「嗯……」若林彷彿在腦中朗讀那段文字。「每種譯本有些不同，我讀的是菊池寬的譯本。」
「呃，我們好像有點離題。」我出聲提醒。
「啊，我們談的是面試。我不是故意裝老實，而是害怕。」
「害怕什麼？」

「要是隱瞞過去犯的錯，錄用後才被查出來，會一發不可收拾。不如打一開始就坦承，錄用後就不會忐忑不安。或許我仍期待獲得原諒吧……」

我十分理解這樣的心情。誰都不想帶著心虛與恐懼感工作。

「你想得太美了。」

「是啊，我想得太美。」若林沒反駁。「不曉得是不是這個緣故，對方沒錄取我。」

「當然，這還需要懷疑嗎？」陣內明明沒證據，卻說得煞有其事。「接下來你有何打算？去其他縣市應徵消防員？」

若林搖搖頭，「不，我擔心遇到相同的狀況。」

「你特地去上專門學校，考取執照，這樣未免太可惜。」我開口道。根據法律，救護員屬於消防員的一種，任職單位僅限於各縣市的消防隊。

「那你目前在做什麼？」陣內問。

「一邊打工，一邊做其他事。」

註：〈傻子伊凡〉（*Ivan the Fool*），俄國小說家托爾斯泰根據童話改編的小說，在日本有數種譯本。故事的大致結局如下：

惡魔站在高處向眾人宣揚「靠腦袋工作比靠雙手工作輕鬆」，伊凡及其他民眾都不以爲然。最後惡魔筋疲力竭，從高處倒栽蔥摔向地面，腦袋撞出一個大洞。惡魔就這麼掉進自己撞出的洞裡。

「其他事？」

若林向我們解釋，寄錢給受害者家屬時，他會附上手寫的信。十年前審判進行之際，或許這也是他的承諾之一。

「對方有回信嗎？」

「沒有。」

「我想也是。」

「是啊……」若林一頓，不安地望著我：「請問……」

「嗯？」

「當時目睹車禍的小學生，發生什麼事？他闖禍了嗎？」

「你說棚餅嗎？你怎麼知道？」陣內拿筷子夾起炸雞塊，放進嘴裡。

「十分鐘前聽你說的。」

「原來凶手是十分鐘前的我？」

我壓抑著想嘆氣的念頭，伸出筷子，夾起炸雞塊。陣內很愛炸雞塊，要是慢一步，他便會一掃而空。

「由於一些事，棚餅遭到逮捕，負責的調查官就是武藤。」陣內解釋。

「他有沒有提到十年前的車禍？會不會是那件事造成不好的影響？」

若林似乎鼓起極大的勇氣才問出口，話聲微微顫抖。

「沒有，他不太願意跟我談。」我回答。這是事實，並非刻意敷衍。

「是嗎……」若林有氣無力地低語。

「話說回來，怎會在這個時候……」陣內咕噥。

「什麼意思？」

「偏偏在這種節骨眼……」

我不明白「節骨眼」的意思。難道是指，十年的傷痛終於逐漸平復的節骨眼？

「眞是的，別開玩笑了。」陣內彷彿在向不在場的某人抗議。

「你在跟誰說話？」

氣氛愈來愈尷尬，我覺得轉換話題比較好。雖然疑惑爲何自己要顧慮這麼多，仍脫口道：「主任，多講一些羅蘭．柯克的事蹟吧。」

「怎麼突然冒出這個要求？」

「我滿欣賞他的。」前幾天在永瀨家聽過CD後，我對這位演奏家產生興趣，特地買專輯，趁上下班通車時間聆聽。

「那是誰？」若林似乎不怎麼有興趣，仍試著拓展話題，參與對話。

我在所知的範圍內，向若林約略介紹羅蘭．柯克。他是爵士音樂家，出生不久就遭逢意外，雙眼全盲。他總將自己設計的管樂器，放在像高爾夫球袋的大袋子中。演奏時，他會將三種管樂器的吹孔塞進嘴裡，還會用鼻子吹長笛。最重要的是，他的表演非常精彩。

若林頻頻附和。「怎樣才能同時演奏三種樂器？」「靠鼻子怎麼吹樂器？」「他的演奏很精彩？」

「武藤，你上次不是聽過羅蘭．柯克的演奏會CD嗎？每當我聽那片CD，腦中就會產生一些幻想。」陣內彷彿教師在進行指導，揮舞還刺著炸雞塊的筷子，於是炸雞塊掉落桌面。陣內不禁嘖舌，撿起炸雞塊。以爲他會直接塞進嘴裡，幸好他沒這麼做。他以筷子插起另一塊，再次揮舞起來。如果他是我的孩子，我肯定會忍不住念他「學不乖」。

「怎樣的幻想？」

「羅蘭．柯克看不見，演奏時無法確認觀眾的反應。當然，要是觀眾席太暗，視力正常也看不清觀眾。總之，羅蘭．柯克只能全心投入即興獨奏。」

我回想那場演奏會。羅蘭．柯克的演奏比任何人都輕快而豪放，宛如是一個人同時表演踢踏舞及單槓的高難度特技。

「獨奏結束，他才能藉由觀眾的掌聲與歡呼聲得知評價。團員的獨奏到底誰輸誰贏，全憑觀眾的反應判斷。所以，竭力完成獨奏後，他會靜靜等待。若是客套的掌聲，他一定聽得出來。換句話說，他總能得到最迅速切實的觀眾回饋。」

雖然只能從錄在專輯CD裡的聲音推斷，但連我也感覺得出，羅蘭．柯克獲得的反應，與其他團員的差距頗爲明顯。尤其是專輯中的第二首，在羅蘭．柯克那段好似永無止境的獨奏後，所有觀眾起立鼓掌，熱烈的掌聲宛如火山噴發。或許是以耳機聆賞的緣故，我彷彿看見一座爆發出祝福與歡欣的火山。

「當時，羅蘭．柯克想必在心中緊緊握拳，大喊『贏了』。要是我能在現場聆聽，不知該有多好。其他團員的表現也不錯，喬治．亞當斯、約翰．漢迪、查爾斯．麥克弗森……但與羅蘭．柯克相比，卻遜色不少。那一瞬間，羅蘭．柯克獲得壓倒性的勝利。」

「勝利？你是指哪一方面？」

「說不上來，大概是所有方面吧。而且，那場演奏會上，羅蘭．柯克只使用一管次中音薩克斯風，堂堂正正地與其他團員一較高下，並未使出他最拿手的三管吹奏。」

「同時吹三管薩克斯風，眞有可能辦到嗎？」

「他一次把三管含在嘴裡，吹得臉頰高高鼓起，那模樣實在太逗趣，很多人以爲他在譁眾取寵。不過，內行人都清楚他的實力。閉起雙眼仔細聆聽，便能明白誰吹得最好。連吉米．罕醉克斯（註一）和弗蘭克．扎帕（註二），都認同他的才華。」

註一：吉米．罕醉克斯（Jimi Hendrix，一九四二～一九七〇），美國著名搖滾樂創作歌手、吉他手。

註二：弗蘭克．扎帕（Frank Zappa，一九四〇～一九九三），著名作曲家、創作歌手、唱片製作人，作品涵蓋各音樂領域。

「聊起這個話題，主任就會特別長舌。」

「還不是你對羅蘭・柯克感興趣，我才說的。」

「世上竟有這樣的人物。」若林感嘆。

「以一般人的肺活量，根本不可能同時吹奏三管樂器。依正常的呼吸方式，也不可能一直不換氣。或許是這種吹奏方式的影響，他晚年中風半身不遂。恐怕是使用獨特的呼吸法，導致腦血管阻塞。」

「眞的嗎？」若林一臉錯愕。

「是啊。」「爲什麼？」「什麼爲什麼？」

「太過分了。」

「過分？」

「遇到那麼多過分的事，難道還不過分嗎？」

若林這個年輕人原本就給我木訥的印象，聽到他說出這句話，更讓我覺得他似乎放棄努力說明自身的想法。不過，我能理解他的意思。羅蘭・柯克從小患有視覺障礙，好不容易靠著音樂打下一片江山，卻因吹奏方式導致中風，被迫面臨更大的考驗，難怪若林會爲他抱不平。連音樂都背叛羅蘭・柯克，上天究竟要他怎麼活下去？

「也對。」陣內應道。

羅蘭・柯克半身不遂時，不知有何感受？是想憤怒地大喊「開什麼玩笑」，還是一時無法接受過於殘酷的命運？

「他本人不知作何感想？」

「我也不清楚。」陣內望著遠方，「無論如何，相信他不會想著『早知道就不吹薩克斯風』，或『早知道就吹小力一點』。」

「我有同感。」我笑著附和。

我再度想起他的獨奏。薩克斯風的旋律宛如在空中縱橫翱翔的飛鳥，一旦有人企圖捕捉，就會以最優雅的姿態逃脫，然後一鼓作氣直衝天際。在全場聽眾的環視下，穿破雲彩，衝出大氣層，進入宇宙。聽眾嚇得發不出半點聲音，彷彿被帶進宇宙。那片震耳欲聾的歡呼聲，說明了一切。不難想像聽眾都帶著笑容，內心充滿感動與痛快，驚訝於「旋律竟領我到這樣的地方」。

或許是團員沒有事先約定獨奏時間，羅蘭．柯克的獨奏長得幾乎沒有盡頭。我彷彿聽得見他內心的吶喊。還沒完，我能繼續吹下去，把聽眾帶到更遙遠的地方！

「連ＣＤ裡的歡呼聲都那麼響亮，現場氣氛一定更驚人。」陣內繼續道。「就像若林說的，他的遭遇實在很『過分』，可是……」

「可是？」

「羅蘭．柯克的人生，倒也不是每件事都那麼『過分』。至少他實現無數次完美的演奏，創造無數次最火熱的氣氛。」

若林根本沒聽過羅蘭．柯克的演奏，內心可能不以爲然，但沒說出任何反駁的話。服務生端上第二盤炸雞塊後，陣內終於切入正題，語氣與剛剛完全不同。

「若林。」

「是。」

「有件事想問你。」

「嗯，請說。」

「你住在哪裡？」

「是指我的地址嗎？」

「沒錯。」

我原本擔心若林不願意透露這樣的個人資料，但他的態度相當大方。起初，若林只報出大致的地名，陣內繼續追問，他便打開智慧型手機裡的地圖，進行詳細的說明。

15

離開居酒屋後，陣內與若林並肩緩緩走著，我在後頭思考著剛剛聽到的事。聽到陣內詢問地址，若林似乎十分納悶，但他沒拒絕，大概以爲這是調查官的職責之一。陣內繼續問幾個問題後，我漸漸明白陣內眞正的意圖，受到極大的衝擊。

我的腦袋亂成一團，覺得這樣的臆測實在荒唐，卻想不出推翻的理由。棚岡佑真待在鑑別所裡的模樣，不斷浮現腦海，每一次都讓我的心情更沉重。

剛剛若林在店裡評論羅蘭・柯克的話，在我腦中一閃而過。「遇到這麼多過分的事，難道還不過分嗎？」沒錯，眞是太過分了。

我們沿著人行道走向車站，經過小型收費停車場前，陣內突然停步。

「啊……那幾個人……」

前方有幾個大約二十出頭的男子，正要坐上一輛黑色房車。

「怎麼？」

「剛剛在店裡，在我們前面結帳的就是他們。」

「眞的嗎？」

「啊，沒錯。」若林點點頭。「他們在收銀櫃檯前打打鬧鬧，我有印象。」

陣內沉吟半晌，無奈地說：「唉，算了。」

「哪裡不對勁嗎？」

「我擔心他們可能會酒後開車。」

「啊……」

「反正不關我們的事。惹上這些人，恐怕挺麻煩。」

陣內邁步前進。既然無法確定開車的人是否喝酒，而且酒也不是我們提供的，這件事確實與我們無關。

然而，當我察覺時，若林已轉身走向停車場。

我連忙跟上。若林對那些年紀比他小的年輕人說：「喝酒不能開車。」

陣內忍不住嘖舌。

不出所料，那群年輕人不快地皺起眉。

「我們認識嗎？既然不認識，你來管什麼閒事？」其中一人說。

「這不是管閒事。酒駕容易發生事故，千萬別冒險。」若林的神情僵硬，卻十分認眞。

「剛剛我們在同一家店裡喝酒，記得結帳時你們排在前面，所以有點擔心你們會酒駕。只是這樣，別生氣。」陣內跟著解釋。他的口吻比若林溫和，大概是能體會若林的心情，卻也明白和這夥人吵架沒意義。

「他們一定是酒駕，絕對不會錯。我聞到酒臭味。」

若林的眼神愈來愈尖銳，我暗暗焦急，卻不知該如何阻止。

「什麼，你說我臭？光是這句話，我就可以告你毀損名譽和公然侮辱。我看喝醉酒的不是我們，而是你吧？」原本準備要開車的男人提高嗓音。對方身材高大，故意彎下腰，彷彿在強調身高的差距。

在他開口時，我也聞到一股淡淡的酒味。

「酒後開車真的很危險。」我勉強擠出一句。毋庸置疑，酒駕非常危險。

「我才喝幾杯，根本沒什麼大不了。」年輕人等於承認喝酒。

「大叔別來找碴好嗎？看你們喝得比我們醉。」另一人出聲。

「這不是找碴。法律規定酒後不能開車，要是發生事故，同車的人也有罪，你們明白嗎？」陣內又補一句：「坦白講，我嫌麻煩，根本不想管你們。」

「不出事，就沒事。車子還沒開，你就詛咒我們會出事？」

「只要酒駕就是犯法，與出不出事無關。」我應道。

「所有出車禍的人，都沒料到自己會出車禍。克里夫．布朗（註一）、黛安娜王妃（註二），和愛德華．史密斯（註三）都是如此。」

「主任，最後一個是誰啊？」

「鐵達尼號的船長。」

「我開的又不是船。」高個男似乎認為遭到戲弄，口氣愈來愈粗暴。

「事故沒什麼不同。」息事寧人不是陣內的作風，他顯然已放棄好好講道理。

註一：克里夫．布朗（Clifford Brown，一九三〇～一九五六），美國著名爵士樂小號手。

註二：黛安娜王妃（Princess Diana，一九六一～一九九七），英國威爾斯親王查爾斯的第一任妻子，威廉王子和哈利王子的親生母親。

註三：愛德華．史密斯（Edward Smith，一八五〇～一九一二），鐵達尼號於一九一二年沉沒時的船長。

「出事就後悔莫及，總之千萬別開車。」若林接著道。

「簡直莫名其妙，我受夠了。」高個男粗魯地搔搔腦袋，向同伴使眼色。於是，其他人全圍上來，只差沒捲袖子或在掌心吐口水。

任事態這麼發展下去，恐怕相當不妙。我腦海浮現「公務員在路旁爆發口角衝突」之類的新聞標題，約莫還會加上「又是那兩人」的副標。

然而，看著若林不斷強調「後悔莫及」的表情，我實在不忍心阻止。他與這群年輕人僵持不下，並非出自正義感或奉公守法的精神，而是想給自己一個交代。

遇到那麼多過分的事，難道還不過分嗎？若林的話迴盪在耳畔，我彷彿聽見若林在吶喊：「別再做這麼過分的事！」

這群年輕人酒後開車，很可能會出事，但也可能平安無恙。若論機率，或許不出事的可能性還高一些，若林卻一副打死也不肯退讓的態度。遺憾的是，他每吐出一句，說服力便降低一分，無法產生任何影響，只像一陣陣毫無意義的噪音。

「繼續吵下去也無濟於事，總之，我勸你們還是別開車吧。」見若林咄咄逼人，陣內約莫察覺苗頭不對，話鋒一轉，打起圓場。

但對方感覺受到挑釁，臉上皆帶著怒意，似乎不打算善罷甘休。

「好了、好了，大家都冷靜點。聽著，要是你們敢再囉嗦……」陣內語帶威脅。

「你想怎樣？」

「我就把這玩意扔向你們的車子。」

「什麼？」

陣內高舉右手。一時之間，連我也看不出他握在手裡的是何種物品。

「炸雞塊。」陣內回答。

我愣一下，以爲他在開玩笑。可是，在停車場的燈光下，那個茶褐色物體怎麼看都像炸雞塊。

「扔炸雞塊又怎樣？」年輕人不禁苦笑。

我不禁納悶，陣內沒事幹麼把炸雞塊帶出店外？

「擋風玻璃碰到炸雞塊會有什麼下場，你們知道嗎？」陣內話中充滿恫嚇的意味，簡直像拿槍指著人質，嚷嚷著「敢動一下就轟掉他的腦袋」。

年輕人面面相覷，臉上浮現兩種神色。遇上怪人的不知所措，及嗜虐地思考著如何反擊。

「會有什麼下場？」

「既然不知道，我就告訴你們。炸雞塊的油脂與擋風玻璃的材質會起化學反應，一旦沾上很難洗掉，而且，油脂會導致玻璃變得脆弱，一點小衝擊就會碎裂。」

我從沒聽過這種說法，身旁的若林錯愕地瞪大眼。

「這個大叔在胡言亂語什麼啊？」

「要是不信，不妨上網查一查。以『炸雞塊』和『擋風玻璃』爲關鍵字，馬上就能找到答案。別說廢話，立刻搜尋。」

聽陣內這麼說，其中一人眞的掏出智慧型手機。我非常好奇，跟著以手機上網。

沒想到，陣內說的竟是事實。不少網站都提到「炸雞塊的油脂會降低擋風玻璃的強度」的小知識。其中一個網站還特地實驗，拿炸雞塊在擋風玻璃上摩擦一陣後，一拳打破。

此刻，我的心情宛如揹著「刻板印象」走在路上，遭人以球棒重擊後腦杓。下一秒，我立刻察覺不對勁。

我想起小山田俊，大腦頓時發出警告。這一切可能是小山田俊的把戲。

小山田俊提過，爲了讓長久累積的錯誤觀念成爲事實，陣內委託他在網路上放出一些假訊息。炸雞塊與擋風玻璃的小知識，搞不好是其中之一。

我抬頭一看，一名年輕人盯著手機螢幕，咕噥著：「好像是眞的，炸雞塊會破壞玻璃。」

陣內得意洋洋地舉起手，擺出更誇張的投球動作。

「我要扔了，我眞的要扔了。要是不答應今天不開車，我就扔嘍。」

「等……等一下，請住手！」負責駕駛的年輕人似乎完全相信「炸雞塊與擋風玻璃強度的關係」，舉手投降。

「除非你們答應不開車。」

「不開車沒辦法回家。要是把車子放在這裡，停車費非常嚇人。」對方苦著臉。

確實麻煩，我理解對方的顧慮。要他們丟下車子走路回家，有些不通情理。

「眞拿你們沒辦法。好吧，乾脆找代駕如何？」

「代駕？」

「就是請人幫你們開車。今天錢就由我們來付，我馬上打電話。」

我不得不承認，這是比較能夠和平解決眼前難題的方法。雖然陣內擅自決定費用由「我們」支付，但花這筆小錢似乎還能接受。

「你怎會把炸雞塊帶在身上？」

幸好代駕司機比預期快抵達，幾個年輕人並未等得心浮氣躁。目送車子離開後，我道出心中的疑惑。

「剛剛掉在店裡的地上，我撿起來，用紙包好放在口袋，打算帶回家洗洗再吃。」

「太髒了吧？」

「我剛剛的處理方式嗎？這叫臨機應變。」

「不，我是指這個炸雞塊太髒了，怎麼貪吃到這種地步？」

「這可是日本第一美味。若林，吃不吃？」

直到這一刻，若林的緊張才稍稍緩和。看得出眼神仍有些迷惘，但「不要」這句話倒是說得斬釘截鐵。

16

「嗨，還記得我吧？」

陣內的口吻彷彿把自己當成對方的伯叔輩親戚。

鑑別所的調查室內，隔著一張桌子，穿運動服的棚岡佑眞坐在對面。

「啊，是。」棚岡佑眞答得有氣無力，完全沒把陣內當親戚的意思。然而，他不是藐視我們，而是張開阻擋我們看透眞意的心防。這樣的態度，與我之前面談時如出一轍。

「喂，你眞的記得我嗎？」陣內又問一次。

我以爲棚岡佑眞會萎靡地說出千篇一律的答案，沒想到他竟回答：「在車裡談起弘法大師的那位……」

或許他厭倦默不作聲地躲在自己砌起的高牆後方，或許突然造訪又裝熟的陣內發揮震撼彈的效果，他不禁想透過牆上的小孔偷窺外頭。總之，這是相當大的進步。

「你指的是『弘法也挑筆』那句話？虧你還記得。」陣內眉飛色舞，「幹得好，牢牢記住我說的話，將來絕對能派上用場。」

「包含『弘法也挑筆』？」我忍不住質疑。

「當然。」

未成年人進到鑑別所後，要探訪幾次，全由調查官自行決定。我一直沒辦法與棚岡佑眞深入詳談，本來就打算持續與他接觸。

何況，得向他確認一件事。在前幾天與若林的聚會中，我得知這個案子的一些內情。光是想到這一點，我便感到心情沉重。陣內提出「我跟你一起去」的要求時，我沒拒絕，反倒求之不得。

「不過，你似乎搞錯了。在我談論弘法大師那一次前，我們早就見過面。」陣內糾正道。

「早就見過面？」

「提示一，十年前。」陣內語氣輕快，「提示二，我待過埼玉縣的家庭裁判所。」

「咦？」

「還是小學生的你，氣沖沖地來找我理論，要我給個交代。」陣內故作輕鬆，卻不帶半點捉弄之意。「你大吵大鬧，要我絕對不能原諒肇事的犯人。啊，這是提示三。」

「你是那時候的……」

「沒錯，我是那時候你最尊敬、景仰的調查官。」「那個缺乏幹勁的調查官？」

「沒想到你居然長這麼大，看來我也老了。」

棚岡佑眞努力從記憶中挖出重要的場面。他骨碌碌地轉動眼珠，似乎不斷下達快轉、暫停、倒帶的指令。半晌後，他突然揚起眉毛，發出「啊」一聲。在我看來，雖然不到失魂落魄的地步，他的意識卻彷彿飛到九霄雲外。像是走投無路，又像爲出乎意料的事態驚愕不已。

「眞是戲劇性的重逢，沒想到會偶然在此相遇。」陣內得意洋洋，似乎把這件事當成自己的功績。「這就是命運的安排吧。」

「啊，不對。」棚岡佑眞沉默片刻，板起臉反駁：「才不是命運的安排。」

「爲什麼不是？」

「因爲……」棚岡佑眞的口吻，像是柔道團體賽的主將，試圖安撫心情浮動的隊員。站在人定勝天的立場，絕不能承認所謂的命運安排。「不就是單純的調職嗎？」

「什麼意思？」

「你不過是調到東京的裁判所，稱不上命運。」

「但你來到東京，與調職無關，而是偶然。這還不是命運？」

「主任，何必這麼拘泥於『命運』這個字眼？」

「假如是在街上遇到，或許可說是命運的安排，但我們是在鑑別所裡見面，根本不稀奇。不管是十年前或現在，都牽涉未成年犯罪，見到家裁調查官是很自然的事。」

要是問十年前的棚岡佑眞「世上最恨的是誰」，家裁調查官陣內應該能擠進前十名。

在棚岡佑眞的眼中，陣內是包庇犯人的幫凶，形象或許接近協助壞蛋逃避死刑的缺德律師。

經過十年，陣內居然又出現在面前，可以想見他的心情有多複雜。意外的事態瓦解他的防禦，讓他不由自主地說出眞正的感受。

「沒錯，棚餅，我們的相遇並非偶然。這句話說得太好了。我是調查官，跟犯案的少年見面猶如家常便飯，確實如此。曾經犯案的少年惹事，又碰上我的例子不多，但並不罕見。只是，十年前的你不符合這種狀況。」

「什麼意思？」

「十年前肇事的不是你，你是不巧在場的小學生。」

「是啊，那又怎樣？」

「按理，十年前的案子，與這次的案子應該毫無瓜葛。當時你僅僅是目擊者，這次是加害者。然而，你卻斬釘截鐵地說，一點也不值得驚訝。既不是偶然，也不是命運，而是理所當然的事。」

「主任，他沒說這是理所當然的事。」我忍不住提醒。

「換句話說，在你的心裡，兩起案子本來就有所關聯。」

直到這一刻，我才明白陣內的言外之意。儘管察覺他今天到鑑別所的目的，卻不清楚他會如何誘導棚岡佑眞進入正題。此刻終於逼近核心。

「有所關聯？你在說什麼啊？」棚岡佑眞有些動怒，這是失去冷靜的證明。

「十年前那起車禍，跟你這次引發的車禍，有著因果關係。」

棚岡佑眞微微睜大眼，陷入沉默。約莫是發現敵人深入防線的速度，遠遠超出預期。

「你開車在路上橫衝直撞，其實是想攻擊一個人。」

「你的意思是，我故意撞死那個人？」

「正確來說，有些出入。你並非蓄意撞死受害者，這是一場事故。你眞正想撞的，是另一個男人吧？」

棚岡佑眞沒回答，但抽搐的臉頰已說明一切。

「你眞正想撞的，是十年前那場車禍的肇事者。」

17

棚岡佑眞沒發出驚呼，但明顯陷入恐慌。

即使早有覺悟，我的內心還是受到頗大的衝擊。或許我原本還奢望著一切都是誤會。

前幾天在居酒屋，陣內反覆確認若林的住址、打工地點、通勤時間及路線等資訊。那種打破砂鍋問到底的態度，若林忍不住揶揄「簡直像跟蹤狂」。綜合種種線索，可得到一個結論，就是發生車禍的當天早上，若林也在附近走動。

這代表什麼？

陣內沒向若林和我明講，但答案呼之欲出。

那起車禍的目標，會不會是若林？

棚岡佑真是不是打算撞死若林？

這是一場復仇。

一旦想通這點，我愈來愈覺得這就是事實。

好一會，棚岡佑真僵在原地。他愣愣坐在陣內對面，片刻後，眉毛微微抽動，吐出一句「你在說什麼啊」。我彷彿看見一個即將落敗的拳擊手，使盡吃奶的力氣重新舉起拳套，忍不住為他感到難過。

「那個人總會在那段時間，從住處沿著那條路前往打工地點吧？不曉得你怎麼查出的，但你早就盯上他，對不對？」

陣內打住話，注視著棚岡佑真。

棚岡佑真深吸一口氣。

我不由得感慨，明明還是個孩子，卻必須為自己的未來下判斷。不僅是棚岡佑真，我們在工作上接觸到的未成年人都是如此。人生經驗少得可憐，仍得做出許多重大抉擇。什麼該坦白，什麼該隱瞞，要追求什麼目標，避免怎樣的結果……雖然雙親和律師會提供意見，不過，最後還是只能靠自己，實在太殘酷。他們被迫解開大人都感到迷惘的問題。

半晌後，棚岡佑眞靜靜開口。那不是想推託敷衍的態度，而是決定說出眞相。

「因爲……榮太郎的老家收到一些信。」

「信？你寫的嗎？」

「不，那個犯人寫的。」

若林確實提過，他寄道歉信給榮太郎的家屬。

「信封上有地址……」棚岡佑眞接著解釋。

「你和榮太郎的家人還保持聯絡？」

「去年我有事回老家，想順便爲榮太郎掃墓……恰巧遇上榮太郎的父母，他們問我要不要到家裡坐坐。」

巧遇亡子的朋友，招待他到家裡也是人之常情。

「我不曉得要聊些什麼，原本打算婉拒……」

「但你還是去了？」

棚岡佑眞的視線稍稍從我身上移開，似乎猶豫著該不該回答。然後，他皺起眉，癟嘴道：「不好意思拒絕。」

「你覺得太失禮？」我確認他的想法。

「算是吧。」

「你從道歉信的信封，得知車禍肇事者的地址？話說回來，榮太郎的雙親的態度如何？」

「問我榮太郎雙親的態度……」

「他們讀過那些信嗎？肇事者寄來的信，家屬撕毀也不奇怪，但榮太郎的雙親選擇保留下來。」陣內知道若林的處境，也清楚若林是懷著什麼心情寄出信，這幾句話卻不帶任何感情。

「聽說是最近才終於能靜下心讀信。」

「遇上這種事，誰都無法保持寬宏大量。」

「榮太郎的父母實在偉大。換成其他人，不會這麼輕易消氣。」

受害者家屬確實有生氣的權利。寶貝兒子失去性命，沒有哪個父母能輕輕放下。他們一定是又氣又恨，幾乎要發瘋，甚至會有全身每一吋皮膚都遭撕裂，內臟都挖空掏出的錯覺。光是想像，我便難以忍受，當事人肯定更不容易保持理性。即使痛不欲生，還是沒辦法改變任何事，只能盡量學會妥協與接受現實。

想到這裡，我不禁鼻酸。這些人沒做任何壞事，只是遭到連累而墜入地獄，為什麼還得咬緊牙根，說服自己學會妥協與接受現實？

「你到底是哪一邊？」陣內粗魯地問。

「什麼哪一邊？」

「先決定要復仇，才得知肇事者的住址？還是先得知住址，才興起復仇的念頭？」

「唔……」

棚岡佑真一時啞口無言。我忍不住想幫他應一句「哪一邊不都一樣」，但這個問題相當重要，必須由他親口回答。

「打一開始……我就不服氣……」

「那麼，你早就想替朋友復仇？了不起，我真是佩服你。」

「主任，請注意用詞。」

「可是，難道他不值得佩服嗎？他認真思考這個問題，並且重視自己的心情。選擇車子當工具，是想以牙還牙、以眼還眼。他安排的作戰計畫，就是『以未成年肇事，還未成年肇事』。」

「『作戰』這個字眼不太恰當。」

「武藤，建議你加入『正確用字遣詞協會』。」

「有這樣的組織嗎？」

「要是沒有，你就建一個。」

我與陣內交談時，棚岡佑眞始終僵著臉。他並非萬念俱灰，而是拚命支撐著，不讓身體癱倒。我彷彿能聽見，他擱在桌面上的手緊握成拳的聲響。

「爲什麼不行？」棚岡佑眞勉強擠出話聲。

「咦？」

「那傢伙開車撞死人，爲什麼我不能開車撞他？這樣不是很奇怪嗎？」

棚岡佑眞第一次如此憤怒。雖然音量不大，但一字一句都是從喉嚨深處努力擠出。

爲什麼不行？

我此刻的心情，像是遭他揪住領口質問。

爲什麼不行？這樣不是很奇怪嗎？

告訴我啊。

即使他如此要求，我也無法解釋。同時，我不禁思索起若林說過的話。遇到那麼多過分的事，難道還不過分嗎？

「我明白你的心情。就像比賽時，有個選手因對方犯規受傷送醫，犯規的選手卻繼續留在場上。」

「對。」

「然而，即使撞向那名犯規的選手，害他受傷，問題仍沒解決。」

棚岡佑眞默默低下頭，一臉不以爲然。將犯規的選手也送進醫院，哪裡不對？他很想反駁，卻沒說出口，或許是認爲無法獲得我們的認同。

「誤判是家常便飯。」陣內喃喃自語。我沒問他是誰誤判，他想必也說不出個所以然。

要是棚岡佑真封閉自我，再度築起城牆，會變得更棘手。我慌忙丟出一句「想問你幾件事」，接著拚命思索該怎麼提問。

我豎起一根手指，代表「第一個問題」，其實暗自期待靈感能像落雷一樣打在我的指尖上。倘若家裁調查官也有守護精靈，我想祈禱「請賜給我智慧」。

「爲什麼沒告訴警察？」

「警察根本沒想到我有其他目的，以爲我是無照駕駛肇事。」棚岡佑真應道。

這也有道理。除非有特殊理由，否則警察不會冒出「是不是想撞其他人？」之類的問題。

「就算吐出實情，又能改變什麼？」棚岡佑真接著問。言下之意，他不認爲結果會有任何不同。

我一時語塞，不知該如何回答。

爲了替昔日好友報仇，開車衝撞人行道，導致一名路人身亡，與單純的車禍肇事致死，哪一邊的罪比較重？

結果是否會有所不同？

「那麼，你怎會撞到別人？」我問了另一個問題。

我一直以為，這個案子是未成年人無照駕駛，操縱不當導致車子衝上人行道。這並非我的誤判，而是警方筆錄的內容。假如那天他是故意要撞若林，就不是單純的操縱不當。

棚岡佑真緊閉雙唇。

我向身旁的陣內投以求助的眼神，他卻是一副漠不關心的態度，愣愣盯著調查室的牆壁。還是老樣子，搞不懂這個人到底可不可靠。

「會不會是認錯人？」

我忽然想到這種可能性。他想撞若林，卻誤撞別人。

棚岡佑真原本想點頭，停頓一下，又改為搖頭。到底該不該實話實說，他似乎拿不定主意，半晌才出聲：「我沒認錯人。」

「不然呢？」

「我清楚地認出他。在動手前，我曾到他住的公寓附近，確認他的長相。那一天，我看見他走在路上，於是踩下油門，朝他撞去……」

「你最後反悔了？」我心想，多半是這樣吧。

棚岡佑真嘆一口氣，緊咬牙根，露出煎熬的表情。原本他只是輕輕搔著頭皮，但動作愈來愈激烈，呼吸也愈來愈粗重。

「你就把來龍去脈老老實實都說出來吧。」陣內突然開口。「棚餅，你還在煩惱什麼該說，什麼不該說？」

「沒那回事。」

「別廢話，快說吧。」

「你怎會這麼認為？」

「你會打麻將嗎？」陣內放下蹺起的腿，挺直腰桿。「不會打也沒關係，我來告訴你。麻將是一種四個人玩的遊戲，對吧？我們就像一直在跟看不見的對手打麻將。起初會拿到十三張牌，這副牌再爛，我們依然只能努力胡牌。運氣好的人會不斷摸到好牌，運氣差的人就算自摸也是屁胡。大聲嚷嚷著運氣背或牌爛，還是得繼續打下去。有些牌面一看就知道台數不可能高，但我們盡量做到以差強人意的牌型胡牌。」

我的腦海浮現那位薩克斯風演奏家。一開始他拿到的牌面相當差，但他努力改善牌型，最後胡得精彩萬分，不僅僅是差強人意而已。

「你到底想表達什麼？」

「三個臭皮匠，勝過一個諸葛亮。有什麼想法別藏在心底，大可說出來一起討論，畢竟……」

「畢竟什麼？」

陣內轉頭望著我，「敵人太強大，一個人應付不來。我們和你的敵人是絕對不會手下留情的。」

「敵人？」棚岡佑眞皺起眉。

敵人有著各式各樣的名字，例如「命運」、「社會」或「不公平」。一出生，我們便被迫與敵人交戰。麻將是一種盡全力仍不見得能獲勝的遊戲。跟將棋和圍棋最大的不同，在於運氣比實力更重要。即使機關算盡，有時也會輸給亂打一通的對手。

「我沒煩惱，也沒隱瞞任何事。」棚岡佑眞提高嗓音。

「別想騙我，你沒提狗的事。」陣內說道。

狗的事？

陣內最拿手的暴投式發言，再度讓我一頭霧水。

狗的事，指的是哪件事？

第一個浮現的念頭，是陣內主任喜歡狗。第二個念頭，則是陣內的朋友永瀨養有一條導盲犬。

接著，我憶起當初遇到永瀨時的情景。在發生車禍的十字路口，永瀨牽著一條拉布拉多犬，慢條斯理地走著。「永瀨，去問問車禍發生時的狀況。人跟人問，狗跟狗問，應該能聊得挺投機。」在陣內的要求下，永瀨特地搭計程車來到現場。

我剛想到這裡，陣內接著對棚岡佑眞說：「當時，有一隻吉娃娃突然衝到你的車子前方，對吧？」

棚岡佑眞吃了一驚，接著垂下頭，不敢與陣內四目相交。

「這是飼主親口告訴我的事。一直悶在心裡不說，他也覺得彆扭吧。」

「主任，你跑去逼問那個人？」

「只是跟他一起喝茶而已。我沒逼他，茶也是他自願請我喝。」

根據陣內的描述，發生車禍的那天清晨，棚岡佑眞打算朝著若林踩下油門，卻臨時改變主意。或許是心生恐懼，又或許是突然恢復理性。我無法想像，當下他是懸崖勒馬而感到安心、是對自己的怯懦感到憤怒，還是對十年前過世的好友懷抱愧疚。

就在這時，一隻吉娃娃衝出來？

棚岡佑眞氣勢受挫的瞬間，狗衝出車道，發生操縱失誤的悲劇？

這就是眞相嗎？

看棚岡佑眞的反應，明白不必再次確認。

「爲什麼不說出狗的事？」

「因爲不會有所不同。」棚岡佑眞回答。「不管怎麼做，都不能改變任何事。」

「不會有所不同，指的是什麼？」

棚岡佑眞再度閉口不語。

「你是不是想避免那隻狗的飼主遭警方追究責任？」我的心情就像朝正要關上的窗戶縫隙射出一箭。「既然發生車禍是不可改變的事實，你認爲沒必要說出狗的事，把那個人拖下水？」

「或許你以爲這麼做很帥，其實一點好處也沒有。」陣內稍微提高嗓門。「像這樣包庇別人，你以爲就能讓所有人皆大歡喜？」

「我只是覺得就算說了，也不能改變什麼。」棚岡佑眞再次強調。

「你指的是，死人沒辦法從墳墓裡爬出來？」

「主任，我站在『正確用字遣詞協會』的立場，提出嚴正的抗議。」

「抗議成立。」陣內竟落落大方地接受。只見他伸出食指，指著棚岡佑眞，我忍不住想再創辦一個「禁止以食指指人協會」。

「棚餅，或許你自有考量，但沒說眞話會造成我們的困擾。假如你眞的是爲了閃避狗才出事，一定要老實招來。」陣內講得口沫橫飛。

「你腦袋裡只想著自己的工作。」

「要是事後才得知眞相，你知道會多鬱卒嗎？當初我們花那麼多時間與你面談，原來都是白費力氣。所以，假如你要說謊，就應該從頭瞞到尾，別在途中遭我們揭穿。」

「剛剛是你逼問我狗的事吧？」

陣內摀住耳朵，嘴裡喊著「聽不見、聽不見」，簡直像不想聽父母說教的頑皮孩童。接著，他又無理取鬧地說：「就算我逼問，你也應該堅持『整件事都跟狗沒關係』。既然我打聽到關於狗的秘密，只能來問你一句，你以爲我願意嗎？」

「狗的事，你們要不要當眞，跟我有什麼關係？」

「好吧，總之，你立刻告訴我『狗的事都是假的』。」

「你憑什麼命令我？」

陣內說一句，棚岡佑眞就頂一句，兩人一來一往，宛如打桌球。雙方各執一詞，稱不上誰對誰錯，唯一確定的，就是兩人逐漸失去理性。

我只能充當和事佬。不過，此時就算棚岡佑眞說出「狗的事都是假的」這種話，我們也不可能當眞。

「啊，對了，田村守跟我們提過漫畫的事。」爲了緩和氣氛，我刻意改變話題。

「阿守？你們和他見過面？」

「沒錯，我們大老遠跑到埼玉縣，見那個當捕手卻沒能守住球的田村守，快感謝我們吧。」陣內說道。

「捕手？」

「他高中時期在打棒球啦。」

棚岡佑眞突然聽見昔日好友的名字，表情流露三分驚惶與七分懷念。

「你很久沒跟他見面？」

「我轉學了。」

「不過，或許你們曾經見面。」

「曾經見面?什麼意思?」
「他參加過某漫畫家的簽名會，當時你可能也在場。」
棚岡佑眞沒回答，但他的反應已給出肯定的答案。
「你是去找那個漫畫家談判，要他把好好畫完那部作品吧?」陣內像是只會投直球的投手。
棚岡佑眞似乎想反駁，最後什麼話也沒說。或許他正猶豫著，不知該如何回應。
「漫畫家拒絕你，所以你撲上去揪住他的衣領?這樣的態度，誰會答應你的請求?」
棚岡佑眞低頭不語，好一會後才有氣無力地開口：
「那個漫畫家一直嘻皮笑臉，說那部漫畫是失敗的作品，還認爲我的興趣實在古怪。」
「或許那位漫畫家沒惡意。畢竟是他的作品，那麼說是謙虛及自我解嘲。」我應道。
「榮太郎眞的很喜歡那部漫畫，一直期待看到完結篇。即使是作者，也不該講那種話。」
「作者根本不曉得你們遇上什麼事。我說你啊，別天眞地以爲每個人都得理解你的想法，又不是國中生。」

「主任，他當時確實是國中生。」

「國中生又怎樣？我也當過國中生。」

「主任，這是兩碼子事。」

「總之，當年田村守也參加那場簽名會，而且目的跟你一樣。」

「跟我一樣？」

「找漫畫家談判。阿守的心情，大概與你相同吧。可惜簽名會臨時中止，他的心願也沒達成。至於理由，你很清楚。」陣內找到攻擊對手的機會，興奮得眉飛色舞。「有個幼稚的國中生對作者動粗，引起一陣騷動。」

棚岡佑眞垂下頭。或許是不理智的舉動遭到揭穿，他既丟臉又自責。

「但我覺得，那位漫畫家也該多體諒你的心情。」我試著爲他說話。不，其實是爲國中的他說話。當時漫畫家的態度，是重要的關鍵。要是他對就讀國中的棚岡佑眞稍微溫柔一些，或許不會發生如今的悲劇。

「那位漫畫家，還在畫嗎？」我問。

「那種爛漫畫家，早就不受歡迎。最近完全沒新作品，大概是退出漫畫界了吧。」棚岡佑眞嘟著嘴。那副態度，就像看見叛徒淒慘的下場，大呼痛快。

「這麼說來，你一直在關注那個漫畫家的動向？」陣內說道。

「啊……」棚岡佑眞忽然抬頭，愣愣盯著陣內。

「怎麼？」陣內不禁提高警戒。

「你忘啦？」棚岡佑眞的口吻相當不客氣，顯然是他非常在意的事。

「忘了什麼？」

棚岡佑眞冷笑一聲，「我就知道你是騙子。」

「你指的是十年前的事嗎？爲何說我是騙子？」陣內的口氣中帶著幾分緊張。

「沒什麼。」棚岡佑眞淡淡應道。

他的神情彷彿在控訴「你們這些大人果然只會開空頭支票」，連我也有遭受責備的感覺。

18

「武藤，猜謎時間到了。」我們離開鑑別所，正從車站走向裁判所，陣內突然冒出這句話。遭棚岡佑眞數落的事，他似乎忘得一乾二淨。這種快速轉換心情的能力，我十分佩服。

此時，我們走在日比谷公園內。只要穿過公園，距離裁判所就不遠。散步道兩側的樹木並未散發出歡迎的氛圍，卻也不像拒我們於千里之外。天氣晴朗，青空中散布著宛如以刷子梳理過的稀疏白雲。

或許是好天氣帶來舒暢感，陣內一副想在公園裡玩耍的表情。他有時會漫不經心地走向池塘，或是移開地面的石頭尋找昆蟲，淨是一些我小時候也做過的舉動。每當他出現這些行爲，我都得趕緊把他拉回來，提醒他時間有多緊迫。

「猜什麼謎？」我問。

「不小心害死人的傢伙，跟想殺人卻沒成功的傢伙，哪一邊比較壞？」

基本上，這根本稱不上是猜謎，而且「不小心害死人」顯然是影射棚岡佑真。

「哪一邊比較壞？」我不禁在腦中比較兩者的差異。

一邊是普通人，純粹是發生失誤，例如車禍肇事，或不小心撞到站在樓梯旁的人。另一邊則是抱持殺意的人，動手時遭到阻撓沒成功。

哪一邊比較壞？

以結果來看，前者害死一個人，後者並未害死任何人。以對社會造成的不良影響來看，前者比較壞。但這樣的答案，相信許多人都無法接受。

「A先生只是運氣太差。若問誰比較可怕，當然是B先生。」我發表意見。

「你還給他們取名字？」陣內噗哧一笑。

「要是得跟其中一個住在一起，我肯定會選A先生。」

「我想也是。」

B先生只是一時失手。一旦成功，他就會變成殺人凶手。相較之下，A先生單純是運氣不好，本身不是可怕的人。

「但在現實中，A先生同樣會遭到疏遠，畢竟他曾害死一個人。」我補充道。甚至可說，A先生遭到排擠的程度，很可能會高於B先生。

若林的遭遇，正是典型的A先生。他努力取得救護員的執照，卻沒辦法就業。雖然只能怪他當初開車不專心，可是他並非蓄意殺人。

「好，下一題。」

「嗯……」

「一時大意開車撞死人的傢伙，跟想報仇卻不小心撞死陌生人的傢伙，哪一邊比較壞？」

「啊，嗯……」

「哪一邊？」

「唔……」我略一思索，開口：「按照剛剛的論點，報仇的人比較可怕。」

毋庸置疑，蓄意動手當然比較可怕。每個人都可能不慎犯錯，連我也不例外。

「沒錯，但這傢伙想要報仇的心情，倒不是不能理解。」

「是啊。」

或許反而會獲得社會上大多數人的認同。

就算是未成年人，做壞事也該遭到懲罰。

未成年人憑什麼受到特別的保護？

以牙還牙、以眼還眼，有什麼不對？

身爲家裁調查官，我們經常得面對這種尖銳的批判。

與其任憑法律縱容犯罪，與其任憑凶手活得逍遙自在，不如交由某個人動手報仇。

我多少也抱持著這樣的心情。

「這麼多年來，那小子可能一心只想復仇。打從小學起，他就決定要復仇。」陣內似乎已放棄出題。

「眞是悲哀。」雖然說出這樣的感想，我卻無法具體舉出哪一點悲哀，更無法解釋理由。倘若是長大後終於實現孩提時代的夢想，肯定會受到眾人的慶賀。但長大後，終於報了孩提時代的仇，卻不會有人爲此慶賀，恐怕還會引來一陣撻伐。

我想像著棚岡佑眞的處境，頓時感到十分無助。

寶貴的人生歲月，竟耗費在思考這種灰暗的事上，簡直像生活在伸手不見五指的深海。一股名爲復仇的強大負面能量，禁錮他的心靈。

爲何他得承受這樣的煎熬？

「對了，武藤，你有沒有加入過網路服務的會員？隨便什麼服務都行。」陣內冒出一句。

「怎會突然這麼問？」

「假設那個服務有讓你覺得不滿意，或不瞭解的地方。」

「嗯……」

「你想打電話詢問，在網站上找半天，就是沒看見聯絡方式。」

「啊，當然有。」有一次，我想在某購物網站上辦理退會，但遍尋不著任何相關說明。「網站上只找得到入會的電話，卻找不到客服電話。」

「沒錯，就是這樣的狀況。」

「所以，這跟我們談論的事有什麼關係？」

「心情上是一樣的。」

「什麼心情？」話一出口，我已大致猜到陣內想表達的意思。

棚岡佑眞爲何得承受這樣的命運？他因車禍失去雙親，因車禍失去朋友，現在更因車禍害死別人。雖然最後一次是他無照駕駛，可說是罪有應得，但總覺得命運對他實在太嚴苛。

儘管沒具體的比較對象，但任何人都感覺得出，這樣的人生實在太不公平。

我能體會那種想提出抗議，想撥打客服電話的心情。

事情怎會搞成這樣？

難道沒有解決的辦法嗎？

這不是客訴，只是想找到一個讓自己心服口服的答案。

然而，棚岡佑眞連這一點也做不到。我不禁仰望藍天。諮詢櫃檯到底在哪裡？我該上哪裡詢問，才能得知諮詢櫃檯的位置？

「這次的事情讓我有個感想。」陣內說道。

「什麼感想？」

「汽車眞可怕。」

「咦？」

「仔細想想，發明汽車的人一定沒有料到，汽車會奪走這麼多條人命。從以前到現在，不知多少人遇上車禍。」

「或許吧……」我模稜兩可地應道。汽車本身無罪，但許多人因車禍而家破人亡也是不爭的事實。一旦遭遇重大車禍，不管是加害者或被害者，人生都會遭到徹底扭曲。雖然認同陣內的想法，卻不認爲該否定汽車的存在價值，畢竟不是以破壞爲目的的殺戮兵器。

「武藤，我很清楚你想說什麼。」陣內迅速回應。「汽車帶給我們很大的幫助。甚至可說沒有汽車，就不會有現在的社會。或許有人認爲建立現在的社會，不見得是人類唯一的路，但至少可以肯定一點，要是沒汽車，喪命的人會比現在的狀況更多。」

「嗯，我同意。」

「到底是哪個傢伙發明汽車這玩意？」

「我也不清楚。如果想知道，可上網查。」

但我沒這麼做，一旦找出答案，我的心裡可能會萌生「這個人的發明奪走無數性命」的想法。

「反正一定又是平賀源內。」

「應該不是吧……等等，『反正一定又是』是什麼意思？」

「大部分的東西都是平賀源內發明的，例如土用丑日（註），還有計步器。當然汽車也不例外。」

「才不是呢……」我忽然想起前幾天小山田俊說過的話，又補上一句：「還有，『殿下蝗蟲』的命名者也不是平賀源內。」

「這你就錯了，『殿下蝗蟲』的命名者眞的是平賀源內，不信你上網搜尋看看。」陣內一臉認眞。

「不必。」我斷然拒絕，接著問：「不談這些。主任，你眞的不記得嗎？」

「不記得什麼？」

「十年前，你到底對棚岡佑眞說什麼？」

註：「土用」爲日本曆法上的節氣名稱，指立春、立夏、立秋、立冬的前十八天。在夏季的土用期間，每逢地支爲丑的日子，稱爲土用丑日，日本人習慣吃鰻魚進補。

「爲何這麼問？」

「他不是罵你騙子嗎？你到底騙他什麼？」

「別說得我好像一天到晚都在騙人。重要的事情我從不會忘記。」

「但這件事你不記得。」

「一定是他有所誤會。眞是的，又不是生氣的人最大。」

剛剛棚岡佑眞流露的似乎不是怒意，而是寂寞。

19

我們沿著步道前進，來到「賭命銀杏」前方。這棵巨大的銀杏據說樹齡超過三百五十年，樹幹周長足足有六公尺。不僅高聳粗壯，而且威風凜凜。本體宛如是巨人中的長老，往四面八方延伸的枝葉卻蜿蜒靈動，彷彿是爲了擷取所有訊息而向外伸展的天線。

旁邊一塊告示牌上，記錄著這棵銀杏樹的來歷。當年爲了拓寬道路，這棵銀杏樹一度差點遭到砍除，但本多靜六博士（建立日比谷公園的最大功臣）聲稱「即使賭上性命也要將樹移植」，最後銀杏樹遷移到這個地方。當時所有人都認爲移植作業不可能成功，如今這棵老樹卻枝繁葉茂，相信連博士本人也會感慨萬千。每次經過這個地方，我的內心便百感交集，想到博士已逝世，又增添三分寂寥。

「跟你眞像。」我有感而發。

「什麼意思？」陣內問。

「即使受到萬般勸阻，依然一意孤行，甚至說出『即使賭上性命也在所不惜』這種話。」

「我比他冷靜、理性許多。而且做不到的事，我絕不會輕易答應。」

「這位博士也相當冷靜、理性。」我嘴上這麼說，想起陣內最討厭聽見自己「跟某人很像」。

「回到剛剛的話題……坦白講，我討厭那種麻煩的東西。」陣內說道。

「你討厭銀杏樹？」

「不，是汽車。雖然汽車帶來無數車禍，但若說汽車是罪魁禍首，又不是那麼回事。汽車也能救人一命，何況，要是沒汽車，我會很困擾。」

「是啊。」

「我最討厭議論這種分不清善惡的麻煩問題。」

「原來如此。」

「好比有個關於恐怖分子的問題，不知你有沒有聽過。」

「又是猜謎？」

「有個恐怖分子被逮住，但他已設置炸彈。不趕快拆除，會炸死大批的人，偏偏那個恐怖分子不肯透露具體的位置。在這種情況下，該不該對恐怖分子嚴刑逼供？」

跟前面幾題一樣，這根本不算猜謎。我思索片刻，開口：「這種問題有標準答案嗎？」

「我也不知道。」陣內皺起眉，「單純以數字來看，活命人數愈多的選項當然愈好。」

以前我聽過一些類似的問題，最有名的情境，是關於一輛小火車。當小火車即將撞死一大群人時，爲了拯救大多數人的性命，我們是否該犧牲極少數人。這個問題平凡無奇，卻令人傷透腦筋，甚至搞得我一肚子氣。

「最貼近生活的，大概就是《世界末日》裡的橋段。」

「你指的是哪部電影？」

「簡單來說，就是該不該爲了拯救人類，犧牲布魯斯·威利？說得更明白點，那樣的結局，到底算不算皆大歡喜？當然，單論這部電影的劇情，那確實是正確答案。」

「那樣的劇情算貼近生活嗎？」

「稍微延伸變化，也可改成『該不該把壞人殺死』。」

「什麼意思？」話一出口，我已明白他的意思。

這就類似另一個常見的問題。假設眼前有個孩童將來會變成希特勒，我們先將他殺了，算是做善事，還是做壞事？如果稱不上是做善事，算不算是必要之惡？或者，不論基於任何理由，都不該殺人？這也是教人傷腦筋的問題。

當然，以希特勒為例有些極端。何況，就算沒有希特勒，還是會有人取代其地位，做出相同的行為，歷史不會有任何改變。因此，這個問題或許可重新詮釋為以下的情境：假如眼前有人正要行凶，該不該把他推落懸崖？

「推落懸崖？這是什麼古怪的設定？你沒事跑到懸崖上幹什麼？」陣內聽到我的問題後，竟在雞毛蒜皮的事上鑽牛角尖。

「主角不見得必須是我……啊，上次那件事不就是最好的例子？」

「上次哪件事？」

「不是有人拿刀埋伏在小學生通學途中，企圖行凶？當時，我們只拿旗桿阻擋，如果他的刀子快刺在孩童身上，我們該不該傷害他？」說得更明白點，我們該不該殺了他？

「我也不曉得怎樣才正確。」陣內雙手交抱，彷彿在與「賭命銀杏」對話。

棚岡佑眞的行為，又該如何評斷？

我的思緒自然而然地轉到這件事上。

他開車橫衝直撞，是為了替小時候的好朋友報仇。當然，這是不對的行為，他必須遭受懲罰。

但我相信，一定會有人認為他「情有可原」。連我也多少帶了點這種想法。

我能理解他想復仇的心情。

下一瞬間，我的腦海浮現前幾天才見過面的若林臉孔。我感覺胸口彷彿烏雲籠罩，陰霾遍布。

若林只是個樸實木訥、沉默寡言的平凡青年。要他成爲遭到憎恨的對象，這個擔子實在太沉重。十年前那場車禍的重擔，依然沉甸甸地壓在他的肩上，教他喘不過氣，隨時可能會壓垮他。

但這是否意味著，他應該獲得原諒？

我實在不敢妄下定論。

過世的榮太郎永遠無法重獲生命，這是不爭的事實。

同樣的道理，棚岡佑眞撞死的人也不可能復活。

「眞是麻煩的問題。」陣內搖搖頭，重重吁一口氣。

「是啊。」我認同這句話。這次我沒嫌他怕麻煩，因爲這些問題眞的很麻煩。

「爲什麼不簡簡單單就好？正義必勝，罪惡必敗，不是有趣得多嗎？」

「這些問題並不是爲了有趣而存在。」

陣內緩緩邁開腳步，我跟在後頭，走幾步又忍不住回頭望向「賭命銀杏」。一棵曾被認爲不可能移植的銀杏樹，如今矗立在我的眼前，宛如千年前就是此處的主人。我不由得想像起，那個信誓旦旦地說出「即使賭上性命也要成功」的男人。

這也是有可能發生的事。

我彷彿聽見銀杏樹如此呢喃。

20

懷抱吉娃娃的男人出現在門口時，看起來宛若失去水分的老樹，正以全身訴說著人生已走到盡頭。但我踏進他家，在和室裡面對面交談後，他彷彿重新獲得青春活力，像是枯樹的枝幹上長出綠色嫩葉。他的頭髮幾乎掉光，臉上的皺紋也深，卻目光如鷹，好似名氣響亮的陶藝家。據說，他從前在建設公司工作，十年前退休賦閒在家，生活上的樂趣只有看著孫子長大及看著電視機。經他一說，我又覺得他確實就是這樣的人。

此時，我坐在餐桌旁，永瀨坐在我身邊，帕克則懶洋洋地躺在他的腳畔。當初牠引著主人來到此地時，或許是充滿使命感，走起路來昂首闊步。眼下卻是一副昏昏欲睡的模樣，彷彿把這裡當成自己的家。

「陣內常取笑，這條狗上工前和上工後的態度差太多。」永瀨說道。從前永瀨養過另一條導盲犬，但年紀太大，改養帕克。舊的那條導盲犬，交給優子的老家飼養。

「家裡沒人，沒辦法拿什麼招待你們，請喝茶吧。」懷抱吉娃娃的男人明明就是這個家的人，卻指著端上來的茶杯這麼說。接著，他轉頭詢問永瀨：「你眞的不喝杯茶？」

「謝謝，不勞費心。」永瀨舉起掛在身上的寶特瓶，示意自己有飲料可喝。即使是在室內，永瀨依然戴著墨鏡，他說這是顧慮到大部分的人，都不習慣跟閉著眼的人交談。他的坐姿端正，有時頭會歪向一邊。一般人是以雙眼辨識周圍的人，視障人士卻是以耳朵為天線，所有注意力都集中在聽覺上。永瀨雖然沉默寡言，但彷彿可將他人的心聲聽得一清二楚。

「前陣子，我的上司應該給你添不少麻煩……」我首先致上歉意。

「上司？」

「陣內。」

「原來那個人是你的上司？」

當初，永瀨是應陣內的要求，才前往車禍現場。陣內的理由是「帶狗的男人跟帶狗的男人一定談得來」，這論點聽起來相當可笑，卻是一語中的。永瀨到現場後，成功與帶著吉娃娃的男人搭話，對方對導盲犬頗有興趣，兩人相談甚歡。一問之下，對方果然是車禍目擊者。

「起初我以為遇上詐騙。」男人笑道。據說，當時他跟永瀨聊得正開心，陣內突然冒出來，自稱是永瀨的朋友。

「一聊之下，才知道那個人雖然有點古怪，卻相當有意思。」

「那個人不管在哪裡，不管做什麼，都會給人添麻煩。」

「確實不是個彬彬有禮的人物。」男人笑得露出牙齒。「對了，你們今天來找我，是不是又想問我的狗惹上的麻煩事？」

「那場車禍是由我負責調查，想聽你親口描述當時的情況。」我盡量在話中暗示，並非來興師問罪。

到底有沒有必要再來拜訪，我其實很猶豫。不僅可能引起對方的反感，也不確定多跑這一趟能獲得多少新訊息。

男人面色凝重，像是對著警察坦承自身的罪行。「不是我故意找藉口，當時眞的起一陣大風……」男人一說完，一陣風從窗外鑽入，我彷彿看見塵埃飛揚的景象。「沙子颳上臉，跑進我的眼裡，於是……」坐在餐桌對面的男人輕輕閉上眼，做出輕揉的動作。

「原來如此。」

「我放開狗繩。」吉娃娃突然跳下地板，朝廚房走去，彷彿是刻意重現當時的情境。男人先是將抓著狗繩的手掌一開一闔，下一秒驚覺不對勁，揉著眼睛尋找寵物。這時，一輛汽車衝上人行道。

「我根本不曉得發生什麼事。」男人搖搖頭，嘆一口氣，縮著肩膀。「我只知道有輛車衝過來，卻沒看到有人被撞。這是眞的，我沒撒謊。」

吉娃娃被車禍的聲響嚇一跳，拖著繩子回到飼主身邊。男人慌忙抱起吉娃娃，正不知所措，忽然見到一名少年迎面走來。

「那名少年跟我說，待在這裡會惹上麻煩，最好快走。我一聽，趕緊抱著狗離開現場。我不是故意要找藉口，那天我要趕往醫院，而且我不知道有人死了。」男人苦著一張臉，老實吐出內心的感受：「我眞的好害怕。一想到可能是我的狗引起車禍，我就怕得全身發抖。」

「目前，我們不知道狗突然衝出去的舉動，跟車禍的發生有多大關聯。」

「如果我家的狗沒衝出去，車禍可能根本不會發生，不是嗎？」

吉娃娃走回來，蜷身窩在男人的肚子上。

「可能會，也可能不會。」

「那個叫我趕快離開的，就是開車出事的孩子吧。」男人問道。他稱十九歲少年爲「開車的孩子」，而不是「開車的人」，可見在他的眼裡，棚岡佑眞還是帶有稚氣的孩子。

電視新聞大肆炒作，指稱這是一起沒有駕照的未成年人開車橫衝直撞，釀成的死亡車禍。男人看了新聞後更是忐忑不安，不敢說出眞相。

如果我是他，大概會做出相同的決定。一旦說出「或許我家的狗才是肇事的元凶」，恐怕將立即成爲眾矢之的，受到嚴厲撻伐。就算沒演變到這種地步，也可能遭懷疑「刻意替少年脫罪」。除了得承受受害者家屬的怒火之外，還得負起賠償責任，下場不堪設想。

「另一方面，我又覺得這件事反正遲早會曝光。」男人再次嘆氣。「警方一查，就知道我家的吉娃娃是不是肇事原因。何況，如果是眞的，那孩子一定會說出來。」

但棚岡佑眞並未說出這件事。根據前幾天他在鑑別所內的態度，很可能是故意瞞起這件事。

可能的理由有幾點。

第一，這不是單純的車禍，有著「報仇」這個犯案動機。

因此，他認爲不該把錯推給一條狗。

第二，他擔心說出狗的事，會遭社會大眾批評「拿狗來頂罪」，反倒讓自己的形象變得更差。

若不是以上兩點……

我想到這裡，身旁的永瀨忽開口：「他會不會是不希望讓狗及飼主惹上麻煩，才打算把罪都攬在自己身上？」

霎時，我有一種腦袋裡的想法都被看光的錯覺，忍不住想以手掌遮住頭頂。

「他爲我揹了黑鍋？」男人抱起回到身邊的吉娃娃，又補一句：「我和牠。」

「原本他就有犯罪動機，稱不上是揹黑鍋。」我特別強調這一點。無辜者爲犯罪者扛下罪名，才算是揹黑鍋。

永瀨忽然抬頭面對天花板。我受到影響，也跟著望向天花板。下一秒，男人和吉娃娃也抬起頭。天花板並無任何異常之處。

屋內維持片刻沉默。吉娃娃和帕克似乎都已熟睡，男人喝著杯裡的茶，永瀨則拿起寶特瓶湊到嘴邊。雖然安靜，氣氛卻不凝重。半晌後，男人開口：「那個出車禍的孩子還好嗎？」

「他不太願意跟我們詳談，我們想進一步瞭解當天的情況，今天才來叨擾。」我心想不必刻意隱瞞。

「當天的情況……」男人緊閉雙唇，表情嚴肅得彷彿正在檢視自己的陶藝作品，好一會後才沮喪地說：「我也不知道。不過一眨眼，事情已發生。那孩子的心情也和我一樣吧。」

「嗯……」

「車禍剛發生時，那孩子可能根本不曉得發生什麼事。」

「不無可能。」

「如果眞的是我家的狗衝出去才發生車禍，那孩子的處境會有所改變嗎？」

「你指的處境是……？」

「刑責是不是會減輕？如果是的話，我得實話實說才行。」

「不會，未成年的情況與成年人不同，審理是以感化爲目的，而不是刑罰。」我想也不想地應道。

「噢……感化……」男人的口吻像是在表示「這名詞我好像聽過」。

「在這個案子裡，他做了不適當的行爲，不管有沒有狗衝出來，問題的本質都不會有太大的變化。」

「什麼意思？」

「這麼說吧……一般人開車時就算遇到一條小型犬衝出來，也不至於引發這麼嚴重的車禍，你不認爲嗎？」我試著想像坐在駕駛座上，懶散地開著車子行駛在空蕩蕩的清晨道路。突然一隻吉娃娃從路旁衝出，我反射性地移動右腳，奮力踩下煞車。車身往前擠壓，但沒釀成大禍。「但他在驚慌之際沒有踩煞車，還用力轉動方向盤。不僅如此，他很可能想要踩煞車，卻誤踩油門。」

「怎麼會這樣？」

約莫是他的開車技術是自己摸索出來的緣故。他開著偷來的車子在街上亂繞，自以爲十分熟練，沒想到在遭遇意外狀況時，他的身體根本沒辦法在一瞬間做出正確的判斷。

從前我負責過其他未成年無照駕駛的案子，基本上，這些少年的開車技術大多來自家用電玩主機的賽車遊戲，或是電影裡的飆車特技畫面。

「賽車的電玩遊戲裡，很少會遇上必須踩煞車的狀況。電影裡的人物在開車時遇上危險，大多是用力轉動方向盤，讓車身像陀螺一樣打轉。少年受到影響，很容易做出相同的判斷。」

「換句話說，就算遇上吉娃娃衝出來，只要開車的是正常的駕駛員……」永瀨出聲。

「應該不至於發生那麼嚴重的車禍。」我接過話。

吉娃娃忽然抬起上半身，睜大眼睛。那神情像是鬆一口氣，問我：「這麼說來，我的責任只有一點點？」

「因此，最大的問題還是在於，他是無照駕駛的慣犯。我們在調查上重視的是這些環節，雖然狗的部分並非毫無關聯，但不會對這個案子造成重大影響。」我忍不住瞥吉娃娃一眼，但牠再度閉上雙眼，似乎對這個話題失去興趣。

嚴格來說，這樣的案子必須回送給檢察官，但我沒提及這一點。

「可是……他爲什麼會一大早開著車子在街上亂闖？」永瀨問道。

爲了復仇。他想開車撞死另一個人，以報十年前的一場仇恨。這件事連永瀨也不知道，我不能說出實情。

「是不是他沒有駕照，想趁車流量較少時練習開車？」

「或許吧。」我撒了謊。「聽說，他經常在三更半夜開車。」

此時，我的腦海浮現他的伯父棚岡清的臉孔。當他說出「其實我對佑眞的事一無所知」時，神情十分落寞。他是大學教授，整天忙著研究室內的工作，完全沒發現沒駕照的棚岡佑眞經常在深夜溜到外頭練習開車。當然，這也算是沒善盡督導的職責，但任何人都不會注意到自己連作夢也沒想到的事，這可說是人之常情。

「那孩子不像是不良少年。」男人撫摸著吉娃娃。

「看外表不準。」永瀨露出微笑。

「你的眼睛看不見，或許反倒不容易被騙。」

「最近脾氣暴躁的人愈來愈多，電車裡常看到外貌正常的大人在吵架。」我說道。事實上，我不止一次在通勤的電車裡，看見老大不小的人，爲一點雞毛蒜皮的小事吵得不可開交。

「你帶著導盲犬走在路上，有沒有人跟你抱怨過？」男人問。

「一樣米養百樣人。」永瀨嘆一口氣。「帕克是導盲犬，路上遇到的人大多能體諒，但我遇過口出怨言或對帕克惡作劇的人。」

「眞是過分。」

「沒辦法，有些人特別怕狗。啊，不過我上次搭電車時，遇上一件事。」

永瀨接著描述，當時有個男人氣沖沖地罵他不該把狗帶上電車。依嗓音及走路特徵來判斷，那個男人的年紀應該比永瀨大得多。

「狗的味道臭死了，還會掉毛。」那個男人罵道。永瀨於是站起，開口致歉：「對不起，以後我會多注意。」

「你瞧瞧，狗毛掉得到處都是。」

一聽就知道，這是欺負永瀨看不見的瞞天大謊。

永瀨剛要反駁，身旁傳來一句「根本沒掉毛」。聲音聽起來是有些年紀的婦人。

「你是古代人嗎？導盲犬不是一般的狗，能自由搭乘交通工具及進入店家，這是常識。何況，你是哪一隻眼睛看到掉毛？」婦人接著問。

「妳是什麼東西，關妳什麼事？」男人罵道。

「跟導盲犬比起來，這個車廂裡更不歡迎像你這樣的人。」

「什麼？」「如果你不信，我們來投票表決，看大家是討厭你，還是討厭導盲犬。」「什麼投票表決，妳是小學生嗎？」「看來，你好像不知道，這個國家的國會議員是怎麼選出來的？」

兩人愈鬧愈僵，永瀨暗暗叫苦連天。世上的法則，或許該追加一條「帶著導盲犬坐地下鐵會引發中年男女爭執」。他不由得心生感慨。

「兩位請冷靜點，我下一站就會下車。」

「你在說什麼傻話？該下車的是這個人，不是你。」婦人應道。

到了這個地步，即使電車停靠永瀨原本想下車的車站，他也無法下車。畢竟婦人是在替他說話，實在不好意思反駁。
男人罵一句「瞎子竟敢這麼囂張」，婦人頂一句「你還不是禿頭一個」。吵架的水準愈來愈低，簡直像小孩在鬥嘴，或是低格調的職業摔角比賽。
「大家好好談吧，請別再吵了。」永瀨拚命安撫兩人的情緒，其他乘客連忙過來打圓場。
電車到站後，永瀨趕緊向所有人道歉，帶著帕克走下月台。
「車廂的門快關上的前一秒，那個男人多半是嚥不下這口氣，居然跟著下車。」永瀨向我們說。
「該不會是為了出氣，打算做什麼危害你的事吧？真是太可惡了。」懷抱吉娃娃的男人問。此時，吉娃娃又瞪大眼，雖然牠可能是在表達憤怒，卻依然是一副逗趣可愛的模樣。
「他從後面朝我靠近，我暗忖要是走樓梯，可能會被他一把推下去，所以改搭電梯。沒想到，他一直跟在我身後。」永瀨繼續道。
「你知道他跟在你的身後？」
「只要有腳步聲，大致都聽得出來。而且，那個男人嘴裡一直碎碎念個不停，似乎是在咒罵我，完全不會認錯人。」
「這種人很可能會做出危害狗的行為。」

永瀨點點頭，似乎確實有過類似的經驗。我聽得心情鬱悶，不禁皺起眉。永瀨察覺我的情緒不穩，主動對我說：「有時碰上也沒辦法。雖然我很氣，但畢竟不可能事事順心。」

「後來呢？」

永瀨走到電梯前，算準男人停下腳步的時機，驟然轉身問：「還有什麼事嗎？」男人沒預料到永瀨會識破自己的舉動，顯得十分狼狽。但下一秒，他似乎以爲永瀨欺騙他，氣急敗壞地問：「原來你看得見？」

「我看不見，但很多事不需要靠眼睛。」

「或許是我的口氣太沉著冷靜，反倒激怒他。」永瀨在說這句話時，充滿反省之意。回想起來，陣內經常提到，要對付一個動怒的人，只有兩個辦法，假裝害怕讓對方消氣，或氣到讓對方感到害怕。

當時，那男人的情緒顯然處於相當激動的狀態。

「抱歉，先警告你，我的眼睛看不見。」永瀨的手掌伸向前方。藉由聲音及震動，感覺得出電梯在移動。

「那又怎樣？」

「因爲看不見，沒辦法手下留情。」「手下留情？」「要是有人做出危害我的行爲，我可能會反擊。」

男人似乎嚇一跳。聽到這裡，我也嚇一跳：「是眞的嗎？」

「假的。」永瀨露出苦笑，聳聳肩。像這類肢體語言，我一直以爲是在觀察對話者反應的過程中，自然學會的常識。然而，永瀨的眼睛看不見，我不禁好奇他是如何學會。

「我在學合氣道，萬一眞的被抓住，不至於毫無抵抗能力。學合氣道的視障者很多，我會去學，是陣內一直吵著要我當武林高手。」

「『當武林高手』是什麼意思？」

「我的眼睛看不見，他認爲如果我能把某人打倒或摔出去，一定非常痛快。上次我跟他一起看影集《夜魔俠》（註），他希望我變得像裡頭的主角一樣厲害。」

我不禁想像那幅畫面。永瀨靜靜坐在電視機前，陣內加油添醋地描述影片的情節。

「這確實很像陣內主任的作風。他最愛幹這種打破傳統觀念、顚覆刻板印象的事。」

「眼睛看不見的我，要是能以武術打倒別人，陣內肯定會樂翻。上次他還要我訓練帕克，讓牠學會吠叫和咬人。」永瀨笑道。

註：《夜魔俠》（*Daredevil*），漫威漫畫中的英雄故事之一，主角是個雙眼全盲、武藝高強的普通人（除了敏銳的感官外，並無特殊超能力）。二〇〇三年改編爲電影，主角由班・艾佛列克飾演。

拜託，請別毀掉導盲犬在世人心中的形象。

「後來呢？」男人話一出口，懷裡的吉娃娃微微將頭歪向一邊，我有種狗會說話的錯覺。

地下鐵月台上的電梯前，與永瀨對峙的男人聽到「可能會反擊」後，似乎有些退縮。但他不甘心摸摸鼻子離開，忽然伸出右手，抓向永瀨的領口。

「這點程度的攻擊，我還避得開。」永瀨輕描淡寫地說。

「真的嗎？」我問。

「當一個人要迅速移動身體時，會先吸一口氣，接著停止呼吸。扭動身體時，也會發出摩擦聲。視障者沒有視覺，總是特別注意聲音、震動、地面高低起伏等訊息。何況，面對敵人時，任誰都會如刺蝟般提高警覺。」永瀨解釋。我實在難以想像他變成刺蝟的模樣。

當時，永瀨的身體斜向一邊，避開男人伸出的右臂。

「對方惱羞成怒，朝我撲來，這也是常見的反應。」

永瀨避開後，男人的呼吸變得粗重，朝著永瀨踏出一步，再度伸手。但永瀨一個閃身，又避開男人這一抓。

「適可而止吧。」永瀨勸道。事實上，男人要是繼續進逼，永瀨可能會無力招架。

但或許是氣焰受挫，也或許是遭眼盲的對手避開兩次而產生警戒，男人難以決定下一步。此時，剛好其他人走過來，於是男人轉身離開。

「眞是大膽。」男人撫摸著吉娃娃，臉上帶著關懷與喜悅。「原來世上眞的有人會故意找導盲犬的麻煩。」

「是啊，當然。電車裡出現狗，總會有人不開心。」永瀨的語氣不像受害者，也沒絲毫感嘆世態炎涼的意思，反倒像是站在加害者的立場發言。

「那種人只是想宣洩生活中的鬱悶情緒吧。藉由欺負比自己弱小的人，來塡補心靈上的空虛。」

「這也是原因之一。」永瀨說得彷彿是當事人一樣。「如果能帶著棕熊在街上走就好了。」

「棕熊？」

「不是導盲犬，而是導盲棕熊。」永瀨似乎摸過棕熊的標本，知道那是怎樣的動物。「若能帶一隻熊在身邊，就沒人敢瞧不起我。」永瀨笑了起來。

21

兩天後，若林突然出現在我的面前。

「抱歉，武藤先生，方便打擾一下嗎？」這天早上，我一如往常地走向裁判所，突然聽見身旁有人這麼問。轉頭一看，是一頭短髮的若林。他的眼神稱不上凶狠，但太過銳利，感覺像在瞪人。一時之間，我以爲是遭素未謀面的流氓纏上。

「我想談一談，能耽誤一點時間嗎？」

「跟我談？不是跟陣內主任？」

「不是陣內先生，而是你。」

我看一眼手表。

「啊，不是現在也沒關係。等你有空，請跟我聯絡。這是我手機的電子信箱。啊，打電話也可以。」

若林遞給我一張像是從筆記本撕下的紙。

「喔……嗯……」我敷衍地回應，若林旋即轉身離去。一看手上那張紙片，寫著一排數字及小寫的英文字母。字跡不算工整，但看得出寫得相當謹慎。爲了避免看錯字，上頭還畫一個箭頭，標明「這是d，不是o」。光從這張紙片，便傳達他極度希望我聯絡他的心情。

走到辦公室，陣內已到達。我想不出隱瞞的理由，於是說出剛剛若林在路上叫住我。陣內並不特別感興趣，只表示：「那很好，你們盡情聊一聊吧。」

「不曉得他到底想找我談什麼？」

「看完精彩的電影，總會想跟同伴討論劇情。」

「什麼意思？」

「他多半是想跟你分享『陣內先生眞是了不起的人物』之類的感想吧。」

「看完難看的電影，也會想把劇情挑出來罵一罵。」

我的譏諷完全沒發揮效果，對陣內來說，多半如同飛過眼前的一隻蚊子。

「武藤，你去見過那隻吉娃娃？」

「不是去見吉娃娃，是去見吉娃娃的飼主。我和永瀨一起造訪他家。」

「眞會使喚永瀨。」

「主任，當初不是你要永瀨先生辦這件事嗎？由於目擊者帶著狗，就叫同樣帶著狗的永瀨先生找那個人。說實在的，爲何你會那麼在意車禍現場？難道你猜到，有一隻吉娃娃衝出來？」

「沒錯，我早算出這件事跟吉娃娃脫不了關係。」陣內抬起下巴，俯視著我。

「簡直像招搖撞騙的神棍。」

「什麼？招搖撞騙的神棍？我問你，哪個神棍不招搖撞騙？假如世上有誠實待人的神棍……」陣內正要掰出一堆歪理，講到一半卻沒再接下去，似乎是連他自己也嫌麻煩。「事實上，得知棚餅是十年前那個小學生後，我才起了疑心。一個曾在車禍中失去好友的人，竟會無照駕駛發生車禍，這件事肯定不單純。」陣內認眞地回答。

「『不單純』是什麼意思？」

「背後多半有不爲人知的目的或隱情。起初我懷疑眞正的肇事者根本不是他，因爲我實在不相信他會做那種事。爲了證實他的清白，我才想找出目擊者。後來發現我的懷疑大錯特錯，肇事的確實是棚餅。」

「若林先生是怎樣的人？」

「什麼怎樣的人？你不也見過？一個眼神邪惡、不太愛講話、個性認眞死板的小夥子。」

「我指的是當年的他。還有，他的家庭環境如何？」

「怎麼不直接問他？你不是會跟他見面？」

「總覺得跟他談車禍的事，對他不太好意思。」

「爲什麼？」

「會害他想起那些往事。」

「他根本沒忘，哪有什麼想不想起？」陣內一臉不悅，「何況，他不是受害者，而是加害者。當年的事他沒忘，也不該忘。」

雖然不甘心，但陣內確實言之有理。

進入午休時間後，我接到棚岡佑眞的陪同人（律師）的電話。

「我們該討論一下案情。」對方提議。我心想，多半是棚岡佑眞不肯開口，他大感困擾，沒想到他的理由竟是：「佑眞表示，告訴過你們一些細節。」

「一些細節」是指什麼？爲了報仇蓄意開車撞人，卻不小心撞錯人？還是，吉娃娃突然衝到車子前方？但這兩件事都太敏感，很難在電話裡解釋清楚。

「明天能不能跟我見個面，我們談一談？」對方邀約，我當然沒理由拒絕。

掛斷電話後，我的腦海浮現臭著臉的棚岡佑眞，揮之不去。那張流露反抗心的臉孔殘留著三分稚氣，及明顯的不安。

不過，這也是理所當然。不管是我或是其他大人，都無法預測他今後的命運，連裁判官也一樣。身爲當事人，他感到恐懼並不可恥。

驀地，我想起十年前，榮太郎每週期待萬分的那部連載漫畫。棚岡佑眞及田村守都曾爲了榮太郎，想辦法要讓那部漫畫有個完滿的結局。

我試著上網搜尋，卻沒找到多少關於這部漫畫的資訊。只有一些半帶嘲諷的介紹文，指稱這是一部突然遭到漫畫雜誌腰斬的作品。至於作者，似乎早退出漫畫界。

一切成爲過去的歷史。我的心頭一片淒涼，彷彿當年所有事物都消失，只留下孤獨寂寞的榮太郎。

光陰從不爲誰停留。年華逝去是每個人必經的過程，當然死亡也一樣。不管是我、我的家人、或陣內，都難以逃離這個命運。想到這些，我內心一陣徬徨，眼前昏暗無光，漆黑的陰影在腦海迅速擴散。身體內側湧起強烈的寒意，我忍不住甩甩腦袋，打了個哆嗦。

隔天晚上，我和若林在毛豆料理專門店裡相對而坐。

「上次看到傳單，我就一直很想吃吃看。」我開口道。這並不是客套話。前幾天，我跟永瀨走向吉娃娃飼主的家，突然有個年輕人遞來一張傳單，對我們說：「你們知道毛豆就是大豆嗎？」

「收成時期不同，對吧？」永瀨接過傳單，年輕人喜出望外地喊一聲：「沒錯！」店內裝潢以淡綠色爲基底，不僅明亮，而且相當乾淨整潔。加上桌子之間的距離頗遠，感覺相當舒適。

我們吃著毛豆沙拉，配著毛豆湯。「啤酒裡倒是沒有毛豆。」若林呢喃著。

原以爲既然是他邀我出來，我不用自己找話題，但沉默半晌，若林遲遲沒開口，我只好主動問：「陣內主任跟十年前有沒有什麼不同？」

「咦？」若林先是挺直腰桿，接著瞇起雙眼。那表情像在笑，也像是欲哭無淚。「這個嘛……剛開始，我覺得他很可怕。因爲他說起話像在罵人，總是表現出怕麻煩的態度。」

「後來習慣了？」

「不是習慣，是知道他對每個人都是那副態度。」

「原來如此。」我點點頭。

「自從發現這一點，我漸漸覺得這個人可以信任。」

「這是相當危險的想法。」

「我父親欺善怕惡，在公司主管面前一副窩囊相，面對弱者卻跩得跟什麼一樣。他的態度會因對象改變，每次在家裡喝酒，還會揍我。比起這種表裡不一的人，陣內先生好相處得多。」若林在用字遣詞上有些粗魯，唯有從這一點，才能看出他曾誤入歧途。

「啊，原來如此。」

「有一次，陣內先生跟我父親一起到鑑別所來看我。那時，陣內先生氣得大呼小叫。」

「對誰生氣？」

「我父親。他對我父親說『都怪你平常愛把氣出在孩子身上，他今天才會犯下這種無可挽回的錯誤。我擔任本案的調查官，算是受你連累』……」畢竟經過十年，若林已能在苦笑聲中，冷靜回顧當時的點點滴滴。「我父親當然很火大，大喊『你根本一無所知，憑什麼對我講這種話』，撲向陣內先生，兩人扭打成一團。來面談的兩人大打出手，實在太荒唐。」

「這件事沒鬧大真是幸運。」家裁調查官屬於公務員，陣內竟在面談室裡，對少年的監護人惡言相向，甚至演變成暴力衝突，新聞媒體要是接到消息，肯定會拿來大做文章。「這件事就這麼不了了之？」我接著問。

「不，還有後續發展。」

「什麼？還沒完？」

「簡直到了瘋狂的地步。」若林嘴上這麼說，表情卻相當愉快。

「怎麼個瘋狂法？」這種既害怕又好奇的心情，大概跟一般人愛看鬼片一樣。

「如同我剛剛提到的，父親在公司抬不起頭，在家裡卻囂張跋扈。在公司被主管釘得滿頭包，回到家就打兒子。聽說，那間公司採取斯巴達式的管理，還要求員工在尾牙餐會上唱歌跳舞。」

「之前主任提過一些。」

「即使是與工作毫不相關的事，那間公司的主管也會說出汙蔑部下人格的話。或許父親無意間向陣內先生提到這件事吧。當時我待在鑑別所，不清楚這個環節。」

「主任做了什麼事？」我提心吊膽地問。

——都怪你拿孩子當出氣筒，才會鬧出這種麻煩事。但你會想拿孩子當出氣筒，是因爲公司的主管太機車。眞是氣死我了，那些傢伙根本不知道我有多辛苦。

據說，陣內向若林的父親如此埋怨。

「後來，陣內先生前往尾牙會場。」

「哪裡的尾牙會場？」

「我父親公司的。」「主任不是那家公司的員工吧？」「不是。」「你父親沒招待他參加吧？」「沒有。」
若林講到這裡，我恍然大悟：「約翰・藍儂的〈Power to the People〉？」
「啊，你知道這件事？」
「聽說主任和朋友跑到某會場上演唱這首歌。」這是永瀨與優子告訴我的往事。
「對，多半就是這件事。」
「眞是……」
「他們突然以巨大的音量演奏曲子。約莫兩分鐘後，服務生急忙衝進來制止他們。」
「眞不曉得他們到底想幹什麼。」
「改編歌詞。」「改編歌詞？」
「他們把歌詞改成『Power to the 上司』。」若林的臉上充滿蕭瑟的悲壯感，像是被迫說出根本不想說的冷笑話。
「給上司力量？」
「一開始，他們唱的是原本的歌詞，吉他技巧十分精湛。唱到一半，他們突然換成日語的改編歌詞。雖然在那個時代，職權騷擾（註）的觀念還不普及，但他們改編的歌

註：職權騷擾（power harassment），指企業內主管利用職權騷擾或欺壓部屬。

詞就是在諷刺這樣的行爲。」

給上司力量！給上司權力！這種分不清是揶揄或抗議的舉動，讓我忍不住想重重嘆氣。這首歌的原始主題，在於鼓舞勞工奮發向上，因此與陣內的訴求頗爲合拍。我有一點佩服，但我趕緊搖頭：「唱改編的歌詞，只會造成冷場，沒什麼意義。」

「不，聽說唱得不錯。」若林聳聳肩。

「咦？」

「我跟父親極少往來。他因我開車肇事的關係丟掉工作，於是我們變得更加疏遠。忘記是幾年前……有一次，他到少年院看我，偶然提起『尾牙眞是亂成一團』。從那天起，他只要喝醉酒，就常提起那場尾牙餐會。他總說那是一場最糟糕、最愚蠢的尾牙，改編的歌詞也很沒意思。接著，他露出淡淡笑容，補上一句『不過唱得倒是不錯，而且模仿得很像，這一點必須承認』。」

「模仿得很像，指的是陣內先生模仿原曲的歌聲嗎？」

「是啊，據說氣勢十足，完全沒冷場。不過，當他指著主管大唱『給你們力量』時，那些主管都氣得七竅生煙。」

「唔……」聽若林這麼一提，我才想起只聽過陣內彈吉他，卻沒聽過他唱歌。「對了，那個打鼓的，是個視障人士。」我補上一句。

「什麼意思？」

「沒什麼……」我忽然有點想聽聽看由永瀨打鼓、陣內演唱的〈Power to the People〉。

服務生端上來一個大盤子，盤裡盛著大量的剝皮毛豆，上頭覆蓋著一層起司。餐具爲特製的牙籤，前端有五根分岔，可一次刺起五顆毛豆放進嘴裡，營造出分量感。

「武藤先生，我到底該怎麼做才好？」若林問出口時，原本喝得通紅的臉頰稍微恢復正常膚色。

「該怎麼做？什麼意思？」

「當年那個小學生開車闖了禍，對吧？一定有人被撞死，是不是？」

「那個人不是小學生了。」棚岡佑眞的臉孔在我眼前一閃即逝。

「我稍微搜尋過那場車禍的網路新聞……」

「啊……嗯。」

「我突然有個想法……他想撞的會不會是我？」若林的笑容有氣無力，太陽穴及眼睛周圍特別僵硬。他終於鼓起勇氣提問，卻沒勇氣聽見肯定的答案。

我心中遲疑，不曉得該如何回答。雖然沉默的時間很短，他卻誤以爲我默認，深深嘆一口氣：

「都怪我不好。」

「這次的車禍不是你的錯。」我立即說道。

「要是沒有我當年那起車禍，就不會有這次的車禍。」

「這也很難講。」

我的話並沒有發揮安慰的效果。

若林引發的那場車禍，即使過了十年依然沒消失。有時乍看似乎不見蹤影，其實只是潛藏在視野之外。宛如一艘潛水艇，一有風吹草動，就會浮上水面，猛然襲向若林。

「武藤先生，我到底該怎麼辦？」

「要你別放在心上，或許有些不負責任，但這不是你需要擔心的事。」

「既然他想報仇，我該成全他。」

「你冷靜點。」

「我很冷靜。」

若林沒說錯，他的口氣並不特別激動。

「武藤先生，下次你去見他時……」

「還不確定會不會有下一次。」

「能不能請你問他，希望我怎麼做？」

「咦？」

「當然我不是希望獲得他的原諒，只是……」

「只是什麼？」

「目前爲止我做的一切，都不足以彌補我在那場車禍上犯的錯，因此你要我什麼也別做，我很痛苦。」

涉案少年依據法律接受完處分，就會被視爲贖罪完畢，所謂的彌補當然也可告一段落。或許我能這麼安慰若林，但我猶豫片刻，沒說出這句話。像這種法律層面的觀點，若林相當清楚。他會來找我，正是沒辦法以這些觀點說服自己的緣故。

「有時，我反而覺得本來就該這樣。」若林接著道。

「本來就該這樣，是什麼意思？」

「還沒彌補我犯的錯，我會感到痛苦。既然如此，我不該彌補。這個痛苦就是我應受的懲罰，我不該選擇一個讓自己比較好過的作法。我必須一直維持在痛苦的狀態下……腦袋雖然這麼想，但我實在無法承受。」

「或許以我的身分不該這麼說……他現在的立場跟你一樣，也是因車禍奪走一條人命。」到底想表達什麼，我自己也搞不清楚。

這並不是一句「你們半斤八兩」就能解決的問題。但能肯定的一點，是眼前的若林不需要一肩扛下所有責任。棚岡佑眞開車撞人的行爲，同樣不可原諒。雖然有值得同情之處，但不可輕易原諒，畢竟有一個毫無關聯的局外人因他而死。

「如果沒有十年前那場車禍」宛如一條鎖鍊，將若林五花大綁，使他動彈不得。皮膚失去血色，而且愈來愈透明，彷彿隨時會消失。

雖然坐在若林對面，卻感覺他離我愈來愈遠。他的軀體越來越細瘦，好似一絲燭芯，由他親自點上火，即將燃燒殆盡。

「武藤先生，我該繼續活下去嗎？」

若林的眼淚幾乎快掉下來。但這是根本不須思考的愚蠢問題，答案只有一個。

「當然。」

「可是……我害死一個孩子，現在又間接害死另一個人……而且還毀掉那個開車的孩子的人生。」

「不是這樣的。」

「如果沒有我這個人……」

這是一個務必要釐清的觀念。並不是「如果沒有我這個人」，而是「如果十年前開車時沒分心」。一瞬間的疏忽與不小心，讓他失去自己的人生。這是一樁再怎麼懊悔也於事無補的悲劇，如果非懊悔不可，該懊悔的不是自己的存在，而是當年的分心。

「武藤先生，坦白講，你心裡是怎麼想的？」若林問。他的臉色沒有太大變化，但看得出醉了。潛藏在他身體內的指揮家，無法再精準地揮動指揮棒，使他的說話節奏及抑揚頓挫都變了樣。

「我心裡怎麼想？」

「你這個工作，應該會遇上很多犯罪者吧？」

「嚴格來說，是涉案的未成年人。」

「好吧，涉案的未成年人。你不認爲，這些傢伙應該從世界上消失嗎？這些傢伙奪走他人最重要的東西，難道只要反省就該獲得原諒？有些人認眞過生活，卻遭到毆打欺凌，難道你沒想過，打人的傢伙應遭受更重的刑罰？那些開車撞人的傢伙，你不希望他們也被撞嗎？這種人眞的有辦法感化嗎？如果我是受害者，我絕對不會輕易原諒這種人。」

「說話小聲點。」我舉起手，掌心向下，作勢下壓。但看他如此拚命地吐露心聲，我實在不忍心隨口敷衍。面對全力投球的投手，打擊者也該表現出尊重。

「其實……」

「嗯……」

「我的心情也很複雜。」

「嗯……」

「首先，我想澄清一件事。我是家庭裁判所的調查官，負責未成年案件。針對少年少女進行調查是我的職責，也是每天的業務內容。雖然我是爲了收入才做這些，並不代表我會敷衍了事。如同理髮師不會隨便理一理，麵包師不會隨便做一做。雖然是工作，我仍衷心期盼……」

說到這裡，我不知怎麼接下去。若說期盼能盡一己之力，有點像在吹噓自身的功續，與我想表達的有些誤差；但若說期盼大家都能獲得幸福，又太做作。最後我只好改口：

「面對每一個涉案的少年少女，我的感受不盡相同。坦白講，有時我會很生氣。有些少年少女害別人受重傷，卻花言巧語地推卸責任。每次看到這種人，我就會心想，爲什麼他或她不是受害者？在調查過少年少女的家庭背景後，有時我會同情加害者的少年少女的處境，有時卻會爲其惡行惡狀氣憤。另一方面，對於那些要求嚴懲重大犯罪的未成年人的聲音，雖然能理解，卻無法完全認同。」

蓄意犯案不值得同情。

從前木更津安奈說過類似的話。當時，電視上正在播報一起命案，自私自利的凶手動手殺人。由於那個凶手是成年人，整起案子與我們家裁調查官並無直接關聯，她會說出那樣的感想，多半是平常她的心裡也累積一些鬱悶的情緒，這些情緒像一陣濃煙，會經由肺部向外噴發。

同樣是犯罪，有些人是蓄意犯案，有些人是遭遇意外狀況，有些人則是有著難言之隱。若要追根究柢，光是「蓄意」要如何判斷，便是個極大的難題。

在一些案子裡，會產生「換成是我，也會做出一樣的事」的想法。但在另一些案子裡，涉案的少年少女在我眼裡就像外星人，即使把我放在相同的境遇裡，我也不可能做出相同的舉動。

這些想法，我想一股腦地告訴若林，但這些思緒本身模糊不清，加上沒經過妥善整理，導致我的發言從頭到尾像是沒教書天分的教授。一回過神，若林早呼呼大睡。

無力感與挫敗感襲來，我忍不住垂頭喪氣。

「沒必要叫我出來吧？」

陣內嘴上抱怨，但似乎並未生氣。

若林趴在店裡的桌上睡著，我不知如何是好，煩惱許久後，決定找陣內幫忙。

「你和他比較熟，而且我不太放心他一個人回家。」

「我和他一點也不熟，別拉我蹚渾水啦。」

我本來想頂一句「我才是當初被拉進來蹚渾水的那一個」，轉念一想，這麼說有點不負責任，於是選擇保持沉默。陣內站在桌邊拿起牙籤，將盤裡剩下的毛豆以機關槍般的速度扔進嘴裡。

「味道不錯……總之，先帶他出去再說。」陣內搖晃若林的肩膀，在他耳邊輕喊：「喂，千萬別睡著，睡著會死的。」半晌後，若林緩緩轉動脖子，微微張開雙眼，問一句「陣內先生，有事嗎？」，接著又閉上雙眼。

陣內不禁嘖舌，苦笑著說：「這臨死前的遺言實在有些古怪……武藤，你先去結帳，看來只能帶他一起去那裡。」

「好……」我率先站起，接著一愣：「帶去哪裡？」

22

永瀨夫婦相當寬宏大量。不僅突然多出兩名訪客，而且半睡半醒的若林與他們根本沒見過面，他們卻沒流露絲毫不快。

桌上擺著罐裝啤酒、烏龍茶及一袋袋零食。簡直像大學生邀好友在公寓裡喝酒作樂的聚會，充滿隨性及廉價感。這樣一桌東西實際上花不了多少錢，可說是相當節省。

「我們跟陣內約好，他今天要來我家。」永瀨解釋。

「真是非常抱歉。」我連忙道歉。

「我搭地下鐵要來永瀨家，突然接到你的電話才特地下車，去店裡找你們。」陣內在「特地」兩字加重語氣。

「我明白，感謝主任幫了一個大忙。」我老實道謝。要是只有我一個人，實在不知如何處理醉倒的若林。

「你明白就好。」

「今天這種日子，人愈多愈好。」優子笑道。她似乎已喝起啤酒，雙頰泛著紅暈。

「每年都只有我們三個，話題也大同小異。」

「老是聊往事，實在沒什麼意思。」永瀨聳聳肩。

「主任也會聊往事？實在意外。」我吃著桌上的零食。即使肚子不餓，只要兩手無事可做，就會拿起身邊的零食往嘴裡塞，這是人類的一大缺陷。

「是嗎？」

「只是有這種感覺。」雖然沒明確根據，但在我的印象裡，陣內很少談起過往。說得難聽一點，就是健忘、沒責任感及做事虎頭蛇尾。「不過仔細想想，主任似乎也沒怎麼提未來的抱負。」

「我是個活在當下的人。」

「別的不提，至少該爲將來存一點錢。」永瀨笑著說。

「有啦。」陣內一臉不悅。

「更何況，你還沒結婚。」

「優子小姐，主任到底是怎樣的人？他眞的沒女朋友嗎？我聽過謠言，他跟男人在交往。」我趁機湊上前，吐出長久以來的疑惑。其實我沒醉，只是借酒裝瘋。

「有這種謠言？」陣內吃驚地望向我。

「是啊。」實際上，僅有木更津安奈這麼提過，根本稱不上是謠言，我是在嚇唬他。

「男人要跟男人交往、女人要跟女人交往，我都不反對，但我不是那種性向。」陣內淡淡表示。

「武藤，別看陣內這副模樣，他相當受女生歡迎。」優子補充道。

「沒錯，陣內頗受歡迎。」永瀨附和。

「別胡說八道，對現在的我來說，工作就是戀人。」陣內的口氣像企圖要攔腰斬斷話題的枝幹。

陣內竟會說出如此老套的話語，我有些錯愕。而且，我很清楚他的工作態度，因此更驚訝他竟有臉說出這種話。「如果你把工作當戀人，或許你該對戀人好一點。」我忍不住吐槽。

永瀨和優子都笑了起來。

「回到剛剛的話題，其實今天是個有點特別的日子，所以我們總會想起從前。」

「特別？」

「每年的今天，我們三人都會聚在一起，聊聊往事。」

既然是每年的例行活動，代表可能是某種紀念日。他們三人的表情都有些落寞，約莫不是什麼好的紀念日，於是我不敢亂接話，只應一句「原來如此」。這種宛如大學生聚會的廉價版宴會，本身或許就是一種追思儀式。難不成是朋友的忌日？我沒問出口，怕真的猜中。

「放點音樂來聽吧。」陣內提議。一如往常，永瀨起身，流暢地操作音響。

節奏輕快的演奏聲自喇叭傾瀉而出，令人聯想到沿著海平面低空滑行的飛鳥。外頭明明是深夜，但那隻縱橫盤旋的飛鳥，彷彿將窗外耀眼的陽光帶進屋內。緊接著，薩克斯風的加入增添速度感。飛鳥渾身震顫，在屋內自在地遨翔翻舞。

「這是之前聽過的明格斯嗎？」

「離正確答案差一點。這片CD的演奏者，是那場演奏會的鋼琴手和薩克斯風手，但明格斯沒在裡頭。」

「對了，武藤，聽說查爾斯．明格斯，和羅蘭．柯克打過架。」優子簡直像在描述一件舊友或親戚不睦的傳聞。

「對音樂家而言，打架果然是家常便飯？」

「打架前，明格斯拉起房裡的百葉窗，關掉電燈，並且戴上眼罩。」

「爲何要這麼做？」

「多半是顧慮到羅蘭．柯克看不見，明格斯認爲就算打贏，也勝之不武。爲了讓雙方的條件相同，他主動戴上眼罩。」永瀨解釋。

「看來，他是不肯占便宜的人？」

「前提是，這傳聞不是捏造的。」陣內百無聊賴地嚼著洋芋片。「如果是眞的，只會有一種結果。」

「一種結果？」

「明格斯被打得落花流水。」陣內笑嘻嘻地說。

永瀨也露出牙齒，笑著點頭。「視障人士在黑暗中有絕對的優勢。」

此時，若林緩緩坐起，或許是被連綿不斷的薩克斯風聲喚醒。勉強睜開沉重的眼皮，他左右張望，想確認身在何處。

「你終於醒了，沒想到你會有醒來的一天。」陣內語氣激動。

「啊，陣內先生……」若林發現置身在陌生的空間裡，一時無法判斷是夢境或現實。

「你醒了，眞是太好了！」陣內突然演起戲。他圓睜雙眼，張開顫抖的雙臂，朝若林慢慢走近。

「咦，什麼意思？」

「五年了……你昏睡五年……」

我不禁納悶，陣內爲何把寶貴的精力花在這種幼稚的遊戲上？

「欸，五年？」

「沒錯，醫生宣布你永遠不會醒。我拚命說服他們，讓他們相信你總有一天會醒來。」

「主任，別玩了。」我出聲制止。不僅是這把戲太愚蠢，而且若林過得並不順遂，我擔心他會冒出「不如永遠別醒」的負面想法。

「你在店裡睡著，我一個人搬不動。」我接著解釋。

「是我出馬拯救你們，帶你到這裡。屋內有點亂，你別介意。」

「這是主任朋友的家。」我向若林介紹永瀨夫婦。由於若林剛睡醒，加上醉意還未完全消褪，腦袋有些糊塗，結結巴巴地回答：「啊，好的。噢，對不起。」

若林慢慢站起，斷斷續續地吐出「打擾了」、「差不多該告辭」、「非常抱歉」之類的零碎話語，搖搖擺擺走著。

「不用急著離開。」優子不安地開口。

「可是……」

「吃根冰棒，恢復精神再走吧。」陣內彈一下手指，呼喊：「永瀨，拿冰棒來。」即使是主人對管家，也不會如此頤指氣使。

「沒冰棒。」優子應道。

「搞什麼，居然沒有？」

「幹麼一直凶我們？」永瀨疑惑道。

「眞的非常對不起。」

「武藤沒必要道歉。」

「既然沒有，只好去買。附近那家超市應該還沒關吧。」

「誰去買？」

「當然是想吃的人……想吃冰棒的舉手！」陣內氣勢洶洶地說完，視線在眾人身上游移。剛剛是他要吃冰棒，當然舉手的只有他自己。「好吧。若林，跟我一起去。」

「咦？」

「你昏睡五年，不想瞧瞧外頭的世界變成什麼模樣嗎？」

陣內居然還沒放棄這個騙局。

我一愣，見若林踉踉蹌蹌地尾隨陣內，實在不放心，只好自告奮勇：

「我也去。」

「永瀨，要是想來，不用客氣。」

「武藤先生……」若林穿鞋時，轉頭望向我。看來，他的醉意消退不少。

剛剛店裡的帳是我付的，以爲他要跟我提這件事，卻完全出乎意料。

「他說我昏睡五年，是開玩笑的吧？」若林難爲情地問。

23

買冰棒似乎不需要四個大男人結伴同行，我們卻浩浩蕩蕩地沿著昏暗的人行道，走向超市。

「超市眞的還沒關嗎？」我一看手表，眼下已算是深夜。

「可能快關了。」永瀨回答。他拿著白色探路杖，與陣內並肩走在我和若林的後方。據說，那家超市開到很晚，但並非二十四小時營業。

若林走在我的身旁。此時，他察覺永瀨是視障人士，不安地頻頻回頭。

「走路看前面。別擔心他會摔跤，擔心你自己吧。」陣內提醒。

這是一條筆直而狹窄的道路，雙向各一車道。孤伶伶的路燈相當老舊，散發出微弱的燈光，景色十分昏暗。路旁的植物看起來只像一大團陰影。

我們的前方，是一名穿西裝的中年男子。他看著手中的智慧型手機，走得相當緩慢。我經過他的身旁，暗暗嘀咕「晚上走路不專心很危險」，後頭的陣內和永瀨也接連超越他。

與同伴們走在昏暗的夜晚道路上，像一場小小的冒險，我的心情有一點緊張，一點興奮，及「唯有我們在街上探險」的優越感。此時，前方射來兩道車燈光芒，宛如強調著「還有我」。那是一輛黑色車子，看不出廠牌型號，前進方向與我們相反，與我們交錯而過。

不一會，後方傳來尖銳的煞車聲，我忍不住回望。宛如撕裂絲綢般的刺耳聲響，迴盪在靜謐的夜色中。

「怎麼?」走在後頭的陣內問。

「沒事，那輛車子……」一輛車停下，我凝視著煞車燈，愣愣地說：「不，沒什麼……」

「陣內，有倒車聲。」永瀨忽然停步，微微偏頭，似乎在細聽。

那輛車子突然開始倒車。我以爲八成是開錯路，沒想到，車子退後的速度愈來愈快。整輛車若是一頭失去理智的猛獸，兩個紅色車尾燈就像流露瘋狂之色的瞳眸，我嚇得無法動彈。

「不會吧……」陣內也察覺那輛車的倒車方式不太對勁，趕緊拉住永瀨的手。

「喂，後面的車子暴衝過來！」

下一秒，車尾衝上人行道。由於人行道比車道高，越過路肩時，車子彈跳一下，導致前進角度改變，車尾撞上附近的電線桿。

短促的撞擊聲，蹂躪著夜晚的街道。

我手足無措，若林卻迅速做出判斷。他大喊著「出事了」，走向車子。車頭燈與煞車燈將周圍照得異常明亮。

「什麼狀況？」永瀨問。

「車子衝過來，撞上電線桿……多半是酒駕吧，眞慘。」陣內解釋。

「陣內先生！」若林呼喚。他剛剛還在我的旁邊，此時我卻看不見他的身影。我環顧四周，想找出他的所在位置。幸好車燈照亮附近，視線可及的範圍比剛剛更廣。

原來若林跑到離車子頗遠的人行道上。只見地上躺著一名男子，我以爲是車子的駕駛，走近一看，發現是剛剛一邊走路一邊看手機的中年男子。他仰躺在路面，一動也不動。若林將雙手交疊在男子的胸口，進行心臟按摩。

「沒呼吸了……」若林哭喪著臉，彷彿是自己無法呼吸。

「撞到他嗎？」陣內不禁皺眉。

剛剛發生如此巨大的撞擊，此刻周遭卻一片靜寂。

「看來不像撞到……」若林氣喘吁吁地說。

我注意到男子的手機掉在旁邊，走近撿起。按下按鍵，螢幕上出現鎖定狀態的畫面。幾個笑得燦爛的小女孩拿著一塊牌子，上頭寫著「爸爸生日快樂」。

「陣內，快叫救護車。」在我們之中，永瀨或許最冷靜。

此時，駕駛座的車門打開，走下一個西裝男。我正慶幸駕駛平安無事，沒想到那個人怒氣沖沖地大步過來。

「沒事吧？」我出聲關切，男人竟破口大罵：「沒事個屁！終於讓我找到了。」

「找到了？」

「你是當時那傢伙吧？」男人質問。他握著發亮的物體，仔細一瞧，居然是一把刀子。他一步步走向永瀨，我嚇得面無血色。

我想起前幾天襲擊小學生的歹徒。那名歹徒也握著利刃。爲何我老是遇到如此恐怖的事？

「等等，你要幹麼？」雖然一向是旁觀者，這次我迅速採取行動。或許還沒完全理解狀況，身體卻自顧自地動起來。

「喂，危險！」陣內大喝一聲。就在這時，刀子刺中我。

24

腹部有種肉被挖開的灼熱感，我吃了一驚。下一瞬間，傳來一陣劇痛。那種強烈的疼痛，彷彿全身皮膚切成碎片。或許是有人拔起插在我身上的刀子吧。我用力按緊側腹，忍不住將手舉到眼前，上頭沾滿黑色液體。此時，汽車的引擎已熄火，但車頭燈和室內燈還開著，我稍稍抬高手，藉著亮光一看，才發覺是紅色的鮮血。

「武藤，你不要緊吧？」「武藤先生！」陣內和若林的呼喚聲同時響起。

「我不要緊……」話一出口，一陣頭暈目眩，我忍不住哀號：「才怪。」

我的腰彷彿裂成碎片，隨時會癱倒在地。

在這種緊要關頭，連陣內都沒抱怨「眞麻煩」。他逐漸靠近男人，一邊伸出雙手，似乎想將制伏對方。男人奮力揮舞刀子，我暗叫「危險」。千鈞一髮之際，陣內及時避開。

「喂，若林，快叫救護車。」下達指令的同時，陣內的視線並未離開對方。他的話聲顫抖得厲害，不像平常那麼從容。

「正在打電話！」

比起疼痛，我更害怕血液逐漸流出身體，及意識朦朧的感覺，彷彿自己從腳開始慢慢消失。一轉頭，我看見若林將手機夾在肩膀和耳朵之間，一邊打著電話，一邊進行心臟按摩。

來不及吧？腦海浮現這個想法，但我無法思考到底是什麼來不及。

「混帳，自從遭你戲弄後，我一天到晚遇到倒楣事。」持刀的男人說道。

「別亂誣賴人。你是認錯人了吧？」陣內的語氣比平常緊張，我一顆心七上八下。「一定是撞了車，導致你神智糊塗。總之，先放下你手上那把危險的刀子。你該不會是嗑藥吧？」

「陣內，他應該是在氣我。」永瀨出聲。我只看得見他的墨鏡，分辨不清表情。不知是光線太暗，還是我漸漸失去視力。

「氣你？爲什麼？」陣內問。

「前陣子在地下鐵……」

「沒錯，就是那件事。」男人發出接近歡呼的高喊，似乎想在報仇前把劇情交代清楚。

「自從那次丟了臉，霉運就纏上我。」

「雖然不清楚詳情，但你未免太小題大作了吧？」陣內大喊：「武藤，你還好嗎？」

「我叫救護車了。」若林揚聲告知。

「聽到沒？你馬上就會被逮捕。」

「快讓開，我只想在那個裝模作樣的瞎子身上刺一刀。」

「你才是瞎子吧？看看你幹了什麼好事。」陣內強硬地反駁。

我像狗一樣吐出舌頭，拚命喘氣，身上滿是不舒服的汗水。

糟糕，得打個電話跟妻子說一聲……

就在這時，若林從背後撲上去，緊緊扣住男人的腋下。

「這樣下去會出人命！」若林激動地喊著。

男人的力氣大得可怕，他用力擺動身體，將若林摔在地上。目睹若林的腦袋狠狠撞擊地面，我發出驚呼。不，應該說，我想發出驚呼，卻使不出半分力氣。我喝斥自己「振作點」，但全身的精力卻如一縷縷輕煙，不斷流出四肢。

我摸索一陣，想找個能撐起身體的東西，但只抓到空氣。

視野愈來愈狹窄。

眼皮似乎快要闔上，我忽然一陣恐懼，趕緊用力睜開。透過半開半闔的眼皮縫隙，我看見男人猛踢若林，於是雙眸睜得更大。

陣內不知在做什麼？我默默想著，眼前頓時一片漆黑。難道是失血過多，完全喪失五感？我會不會就這麼死掉？不行，不能想這麼可怕的事。我警告自己，但這個念頭占據整個腦袋，揮之不去。我不想死。爲了克服恐懼，我試著思考與死亡相反的事物。妻子、兒子和女兒浮現眼前。要是死在這裡，今後我的家人該如何是好？

得趕快止血……別流了……別再流了……

半晌後，我察覺並非眼睛不管用，而是周圍的光芒消失。當初車子撞上電線桿時，路燈便已熄滅。周邊一帶的亮光，全來自車頭燈。就在剛剛，車燈也熄滅。好似拉下舞台黑幕，伸手不見五指。

「全都不准動。」男人扯開喉嚨大喊，不安的話聲在黑暗中迴盪。

不知大家是否平安？我想開口詢問，聲音卻微弱得幾乎聽不見。

「放棄抵抗吧。」我聽見陣內這麼說。

「少廢話，那個瞎子在哪裡？」

凝神一看，隱約可窺見男人的身影在蠕動，多半是想掏出手機當手電筒。

「你和我們才是瞎子。」

「什麼？」

「這種情況，你認爲誰看得最清楚？」

就在陣內拋出這句話的下一秒……

男人發出一聲悶哼，伴隨著慘叫聲，遭人扭倒在地。我隱約看見男人背後有一道人影，似乎正是永瀨。突然間，我感覺身體變得輕飄飄。強烈的恐懼感襲來，我不停喃喃念著家人的名字。我彷彿在高空中，俯視自己的意識在冰冷的地面逐漸融解。

25

「武藤先生，沒想到你又立下大功。繼上次之後，你再度出名。」

一直躺在病床上，我感到很不舒服，於是稍微撐起上半身，與小山田俊面對面。他坐在椅子上左顧右盼，嘴裡咕噥著：「第一次走進病房，實在有點緊張。」

「我根本沒任何功勞，眞正立大功的是其他人。」沒必要打腫臉充胖子，我老實回答。自從挨了一刀後，我只是躺在地上。跟埼玉縣那次不同，我成爲受害者。

另一名昏厥的陌生男子送往醫院後，已恢復意識。據說，多虧若林的心臟按摩，才讓他撿回一條命。若林也接受各種檢查，幸好傷勢不嚴重。到頭來，需要住院的，僅有沒幫上任何忙的我。

「不過，陣內先生稱讚你表現得很好。」

陣內曾親口對我說：「我只是關掉車燈。跟我比起來，你的表現好多了。」但他不忘補上一句：「不過，由於你住院，我們的工作多得做不完，正一個頭兩個大。」原本由我負責的案子全落到陣內和木更津安奈身上，除了道歉之外，我還是只能道歉。

「歹徒是心懷怨恨才動手？」小山田俊嘴上這麼問，但似乎對答案並不特別感興趣。

他剝一顆橘子，將一瓣放進口中。這是他帶來的探病水果，居然自己吃了起來。相較於其他裝飾華麗的水果盒，他帶的是一大袋橘子。不僅方便食用且份量十足，很像小山田俊的務實作風。

「嗯，是啊。」

那天晚上突然倒車的男人，曾在地下鐵找過永瀨的麻煩。當時，永瀨以「學過合氣道」虛張聲勢，嚇退男人。但男人的自尊受傷，耿耿於懷，埋下復仇的種子。這顆種子發芽後，不斷向下紮根，枝幹愈來愈粗。這樣的憎恨與憤怒之樹，有時會自行枯萎；要是沒枯萎，往往會長成令人驚訝的大樹。而且，這個男人認爲在地下鐵車廂內丟了臉，不願再遇上那些乘客，改爲開車上班。開車上班有許多缺點，公司不會全額補助油資，又容易遇上塞車，下班後也沒辦法喝酒。雖然完全是自作自受，本人心中的怨恨卻愈積愈深。

爲何我會碰到這種事？在男人心中，這個問題的答案，像是只有一條線的鬼腳圖（註）。一路往上，得到的答案便是「那個瞎子害的」。

註：原文「あみだくじ」，一種由直線及橫線組成的圖形，每條直線的起點都會連接到另一個不同的終點，多用來在數個選項中作出抉擇。

下次再讓我遇上，絕對饒不了他。沒錯，全是那傢伙害的。男人腦中出現這樣的念頭。

「這是主任的轉述，他一定加油添醋許多。」那男人在深夜的路上，瞥見拄著手杖的永瀨，竟立刻踩下煞車，再倒車衝向我們。光從這樣的行爲，便看得出男人的精神狀態出了問題。

「聽說，當時有人嚇昏？」小山田俊問。

「有個上班族不巧經過。」對方原本就患有心臟病，目睹車子突然衝過來，當場發病，昏厥在地。

「眞慘，大家都碰上無妄之災。」

「而且是深夜，根本看不清到底發生什麼事。」

「武藤先生，住院期間，沒人來看你？」

小山田俊忽然改變話題。我實在搞不清，他對我和這件案子到底是眞的感興趣，還是隨口問問。

今天傍晚，妻子會帶兒女來探望我。不過，腹部的傷口復原大半，所以他們並非每天都來探病。雖然傷勢頗嚴重，但出院的日子應該不遠。聽我這麼說，小山田俊嚼著橘子咕噥：「那我今天根本不需要特地來探病嘛。」

「你特地來探望，我還是很感動。」小山田俊平常幾乎足不出戶，今天特地搭上電車，經轉車來到醫院，我十分開心。「你找我是不是有事？」我忍不住懷疑。

小山田俊沒答話，津津有味地吃著橘子。以爲他吃完一瓣就會開口，沒想到他一瓣又一瓣，吃完整顆橘子。他吁一口氣，像是終於準備要開口，卻剝起另一個橘子。我無計可施，只好再問一次：「你找我是不是有什麼事？」

「武藤先生，你不是負責一件少年車禍肇事的案子嗎？」

他指的是棚岡佑眞的案子吧。再過一週就要審判，但我這陣子一直躺在病床上，總不能像推理小說中的安樂椅神探（註），當個「病床調查官」。於是，我把這案子交接給木更津安奈，審判前或許能出院，但期間幾乎什麼也做不了。木更津安奈手邊的案子堆積如山，但來醫院聽我解釋案情時，態度相當乾脆。

「沒辦法，同事之間本來就要互相幫助。下次等我被捅一刀時，你再還這份人情吧。」

「當然，到時我一定會幫忙。」我拍胸脯保證。

「好……要遇上也不容易。」木更津安奈咕噥。

「咦？」

「大夥可不是一天到晚都會被捅一刀。」木更津安奈皮肉不笑，留下這一句便離

註：推理小說中的神探類型之一。不必到案發現場尋找證據，只要坐在安樂椅上問問題，就可破解懸案。

開。事後想想，或許我該告訴她「就算沒被捅一刀，還是有可能受傷住院」。

「武藤先生，那個少年會得到什麼判決？」小山田俊問。

「我不能說。」

原則上，這樣的案子必須回送給檢察官，但以其他方式處理的可能性也不是零。

棚岡佑真的情況複雜。雖然他無照駕駛，而且有明確的傷人意圖，但動機值得同情。其他人怎麼看，我不清楚，至少我是這麼認爲。當然，「報仇」是一種不被允許的行爲，至少棚岡佑眞沒凶惡到「簡直不是人」的地步。反過來說，害死一個人的罪很嚴重，也是不爭的事實。

到底怎樣的處分對他最好，我遲遲無法下判斷。或許，根本沒有所謂的「最好的處分」。

有時處分太輕，反而會讓少年往後的日子更不好過。世人會批評「沒受到應得的懲罰」、「保護管束算什麼」、「太狡猾」，甚至是「毫無反省之意」，譴責的聲浪愈來愈大。

當然，我們不會爲此刻意加重處分。最重要的是，必須讓少年切身感到「我爲自己的行爲付出代價」。要讓少年未來的路能夠走得順遂，這往往是較適當的基準。

就算走得不順遂，也是罪有應得。

我彷彿聽見這樣的反駁。

或許是來自「社會」這個模糊概念的虛擬聲音，或許是我曾經親耳聽過的聲音，又或許是我自己的聲音。

若說少年是罪有應得，確實也沒錯。

然而……

我總認爲，得爲他們做點什麼。

不過，最後的決定權在裁判官手上。

事實上，我早認定棚岡佑眞不管怎麼掙扎，未來的人生都不可能順遂。連忙將這種負面想法拋出腦外，卻無法讓思考轉爲正面。

「其實……我查出一件有趣的事，想告訴你。」小山田俊坦言。

「有趣的事？該不會又是網路上的犯罪預告吧？現在跟我說，我也沒辦法阻止。」我指著身上的病人服，半開玩笑地回答。在埼玉縣的道路上制伏歹徒，雖然是不久前發生的事，我卻覺得恍如隔世。

「啊，對了，刺你一刀的男人，最後是誰制伏的？陣內先生嗎？」

「這個嘛……」當時我意識朦朧，無法判斷到底是現實或幻覺。一片漆黑中，我似乎看見永瀨持著手杖，迅速移動到男人身旁。大概是藉由說話聲鎖定男人的位置吧。接著，我目睹永瀨抓住男人的後領，俐落一扭，男人頓時向後翻倒。

小山田俊一臉詫異：「你該不會是在作夢吧？」

「確實有點像在作夢。」

「好吧，先談另一件事。武藤先生，我調查過某個人。」

「某個人？」

「對，你先看看。」小山田俊從口袋掏出一疊折成四摺的列印紙。

一看到這疊紙，我登時想起在小山田俊家裡看到的那些犯罪預告。只是，這疊紙上印的是一些商品名稱，像是購物網站的消費紀錄。

「要讓我挑探病的伴手禮嗎？」我嘴上這麼說，心裡卻明白不是那麼回事。紙上列出的商品包含繩索、固定帶、各種工具及一些標題聳動的書籍及DVD。「看得讓人內心發毛，到底是誰買了這些東西？」

「後面還有從交流網站印下來的發問與留言。」

翻過數張資料，紙面出現一句句問題。這些問題都相當偏激、怪僻、聳動且涉及犯罪行爲。例如，著名殺人魔的下場、關於日本《刑法》及判例的種種疑問、將一個人長期監禁的技巧等等。「看起來不太妙……」我不禁咕噥。

「這些都是同一個人的網路履歷。他在購物網站上買這些東西，還在交流網站上問這些問題。」

「你怎麼弄到消費紀錄的？」

小山田俊沒回答，只是聳聳肩，氣定神閒地說：「可怕吧？不過，世上這樣的人很多，絕對不是只有一、兩個。」

「就算他在網路上問了這些問題，買了這些危險的東西，也不代表他會犯罪吧？」

「沒錯，這是一種偏見。好比，認爲愛看恐怖片的人都是心理變態。」

「是啊。」我小心翼翼地將那疊紙放回小山田俊的手上，彷彿將這疊紙當成貴重的參考文獻。

「根據我的直覺，這個人很危險……非常危險。」

「不曉得他是怎樣的人……」

「妻子和女兒受不了他的長期家暴逃走，他一直懷恨在心。」

小山田俊輕描淡寫，我不禁皺起眉，問道：「這是你的想像？」

「大概是事實。」

「你怎麼查出這種事的？」

「我不用查，全都是他自己說的。他在網路上諮詢『如果遭妻子控告家暴該怎麼脫罪』及『如果沒付贍養費會怎樣』之類的問題。像這種人，不管什麼事都喜歡在網路上尋找答案。」

驟然想起捅我一刀的男人。不滿的情緒一旦開始累積，往往會找不到發洩的出口。而且，這些不滿若是源於腦中創造出的一些歪理，當事人往往會藉著欺負弱小宣洩情緒。我腦中揚起搖滾樂團「THE BLUE HEARTS」演唱的〈TRAIN-TRAIN〉的歌詞。

——弱小的人，在傍晚時分，欺凌著更弱小的人。

在這個社會中，這樣的景象隨處可見。

「這個人眞的會採取行動嗎？」

採取危險且無法挽回的行動。

我多麼想接著說「不會吧」。如果能夠，我實在不願想像那些駭人的畫面。

到底該怎麼做，才能避免這個人犯下可怕的罪？

果然，小山田俊又是來拜託我阻止壞人嗎？如果可以，我好想撒手不管。

沒想到，小山田俊接下來的話，讓我大爲錯愕。

「應該不會吧。這個人什麼也不會做。」

「咦？」

「他不會犯案。」

我不禁納悶。既然如此，小山田俊爲何告訴我這些？

「正確來說，是沒辦法犯案。」

「沒辦法？難不成你打算……」

小山田俊打算親自前往阻止？

他剝著橘子皮，若無其事地說：「這個人應該死了。」

說得如此自然，我卻不可能漏聽。

「什麼意思？爲什麼？」

你爲什麼會知道？他爲什麼死了？爲什麼要把這件事告訴我？

「武藤先生，這件事你也知道。」

「我怎麼會知道？」

「就是那起無照駕駛的車禍。」

這句話宛如在我的心中擲下一顆石頭，激起漣漪。不，那不是漣漪，而是水花四濺的滔天巨浪。

難不成是指棚岡佑真的案子？

「這個可怕的人，死在那場車禍中。」

26

當時的受害者，就是留下這些瀏覽紀錄的人？我不曉得該從哪一部分問起，只能像鯉魚般嘴巴開開闔闔。

「你在網路上鎖定的人，恰恰是那場車禍的受害者？」

「武藤先生，你誤會了，順序剛好相反。我是對那場車禍的受害者感到好奇，才去查與他有關的事。」

「對受害者感到好奇？這又是爲什麼？」

「沒爲什麼。我只是想知道，被撞死的是怎樣的人。因爲你提過家屬十分通情達理，沒氣得暴跳如雷。」

「我不記得說過『通情達理』這種話。」

事實上，那場車禍的受害者家屬，並未在我心中留下深刻的印象。

「但我就是十分好奇。至於受害者的姓名，以那場車禍爲關鍵字，在網路上一查，立刻就能查出。」

查得出姓名，不代表能弄到購物網站上的消費紀錄。雖然想問他到底是如何獲取，又害怕知道眞相。

但小山田俊似乎看穿我的心思，主動表示：「你放心，這一點也不難。」

「重點不在於難不難，而是有沒有違法。」

「受害者是在晨跑時遭遇車禍，我推測他的住處離案發地點不遠。我實際到附近繞幾圈，看到店家就進去說：『請問有沒有人認識受害者？我從前受過他的照顧，看見新聞嚇一跳。』」

「店家聽你這麼問，一定會起疑吧？」

「不，像我這種十多歲的少年，只要說話客氣有禮，大部分的人都不會起疑。總之就是亂槍打鳥，問好幾家後，終於有人告訴我受害者住的公寓。接著，我前往那棟公寓……」

「下一步，是騙公寓管理員？」

小山田俊嫌麻煩，懶得詳細解釋，省略一大段過程。「反正，我借用受害者家裡的電腦。接下來要查出網路使用紀錄，就非常簡單。」

他多半是以話術誆騙管理員，請管理員開門。轉念一想，我問：「登入電腦不需要密碼嗎？」

「電腦沒設定密碼，BIOS（基本輸入輸出系統）跟OS（作業系統）都沒有。」

一聽就知道是謊言。何況，他要看購物網站的消費紀錄，也必須登入帳號。這又是一項盜用帳號的罪。「爲何你要做這種事？拜託你，別再惹麻煩了。」

「我也不知道。這次調查的結論，你想聽嗎？」

「啊，嗯。」

「那個人被撞死，一場原本會發生的犯罪解消。如果他活著，一定會採取行動。」

小山田俊搖晃手中的資料。

我差點脫口「原來如此」，話到嘴邊，又連忙吞回去。雖然明白他想表達的意思，但實在無法全盤採信。

「所以，開車肇事的少年，也算是幹了一件好事。」

「唔……」我感覺胸口有團黑雲不斷重複變形、翻轉、膨脹及萎縮。「不，這是兩回事。」

「爲什麼？」

「無照駕駛肇事，絕對不可能是一件好事。」

「但以結果來看……」

「我並非不相信你的話，但畢竟無法證實這個人眞的會做出可怕的事，或許什麼也不會發生。大部分在網路上貼出犯罪預告的人，都不會實際動手。你是這方面的專家，相信你很清楚。」

「站在專家的立場判斷，這傢伙眞的非常危險。不，他死了，應該說是曾非常危險。」

果眞如此，棚岡佑眞的罪名會有所改變嗎？

「武藤先生，之前我不是拜託你制伏暴徒嗎？假如在那時候，你不小心害死那個人，好比讓他的腦袋撞到路面之類，跟這件案子有什麼不同？這件案子的少年，也是預先防範可怕的犯罪，只是不小心害死對方。」

「當時我們很清楚那個人是歹徒，但在這件案子裡，少年根本不曉得對方是誰，單純引發一起事故。」

「要是我曾告訴他『那個晨跑的男人最近會幹下可怕的事』呢？」

我注視著小山田俊。從他的表情看來，並非故意找碴。
「預先知情也一樣，開車撞人就是不對。」
「你眞的這麼認爲嗎？」小山田俊反問的同時，我的內心響起一樣的疑問。
「沒錯，無論如何，不該開車撞人。」我再次強調。
「爲什麼不行？電影裡的超人和蝙蝠俠，不也在幹相同的事？」
「那是虛構的故事。」
「美國的空襲，不也奪走許多一般民眾的性命？」
「那是另一回事。」
「虛構的不行，現實的也不行，你眞的很難搞。」小山田俊誇張地嘆氣。
「我也不曉得什麼是對、什麼是錯。我搞不懂的事太多。我不認爲你的想法是錯的，但在我的觀念裡，那場車禍不該跟這件事扯在一起。」
「好吧。不過，至少告訴那個少年。請對他說，你闖下的車禍，意外地爲這個世界提供一個好的改變。俗話不是說『塞翁失馬，焉知非福』嗎？」
「我不能告訴他。」畢竟那名受害者是否眞的會犯罪，完全是小山田俊的臆測。就算是事實，也不代表可以任意殺害壞人。當然，我必須承認，內心深處有著與小山田俊相同的感受。既然欺凌他人，就要有遭到欺凌的覺悟。但我認爲，這不是能肆無忌憚掛在嘴邊的想法。

「告訴他這件事，他的心情應該會輕鬆一些。」

「這個嘛……恐怕也很難下定論。」

如果說出這件事，棚岡佑眞會認爲「原來我不小心撞死那個人，以結果來看是好事」，從此不再受到良心的苛責嗎？

「在我眼中，這件事明明非常單純。但陣內先生十分生氣，罵我不該告訴他這麼麻煩的事。」

「你跟主任談過？」

「他根本不理我。」

「他還對你說些什麼？」

「他催促我：『這麼麻煩的事，你快去告訴武藤，讓他也頭疼一下。』」小山田俊瞇起雙眼，搖搖頭。「這個人眞的很怪。後來，他又說了很多關於我的事。」

「關於你的事？」

——求求你安分一點吧。

據說，當時陣內的語氣令人搞不懂是哀求，還是命令。

——以不正當的手段取得網路上的個資，是犯罪行爲。你還在試驗觀察期間，居然做出這種事，會引起很大的問題，我們沒辦法視而不見。聽著，我認爲你是一個好人……

「說我是好人，這還是第一次。」小山田俊聳聳肩。

——你腦筋靈光，手腕高明，但只幹犯法的事，不會幹壞事。

犯法的事，不算壞事？

——難道守法的人，全是好人嗎？不，我不這麼想。放任你不管，應該也不會有問題，武藤想必有同感。就算把你送進少年院，或逼你接受心理輔導，恐怕都很難感化你。像你這種聰明的傢伙，進少年院後，個性只會變壞，不可能變好。最好的處理方式，就是任由你這麼生活下去。但你做出違法的行爲，我和武藤總不能當沒看見，畢竟是我們的工作。一旦你犯下嚴重的罪，我們一樣得揹上責任。眾人會責怪「調查官判斷錯誤」、「怎麼沒送進少年院」、「根本是縱容犯罪」、「會不會演奏啊」、「技術這麼差還上台丟人現眼」等等。誰喜歡挨罵？拜託你行行好，我不是叫你裝乖，不過你就裝乖一下吧。

「武藤先生，那個人會不會坦白過頭？」

「是啊，眞讓人頭疼。」

說實話是件輕鬆的事。假如能夠實話實說，誰不願意？但爲了維持生活環境的安定，不破壞人際關係，大夥只能選擇忍耐。有時隱藏眞正的想法，有時使用拐彎抹角的說話方式，甚至得吐出違心之論，壓力自然迅速累積。

我不禁想抱怨，逃避這段辛苦的過程是種狡猾的作法。

聽我這麼說，小山田俊疑惑地歪著腦袋：「我不覺得陣內先生狡猾……武藤先生，總之你認爲我該受什麼處分，就請你直接提出吧。」

「咦？」

「免得害你被罵。」

一個少年說出這種話，我有種奇妙的感覺。雖然我的回答是「當然」，卻根本不曉得怎樣的處分才算正確。

如同我剛剛提到的，我搞不懂的事太多。

「我該走了。」小山田俊站起，指著他買來的那袋橘子：「很好吃喔。」

「謝謝，讓你破費了，幫我向你媽媽問好。」

「對了，我不是說過，陣內先生常來我家嗎？」

「給你添不少麻煩。」

「之前我忍不住問他……家裁調查官在一名少年身上要花這麼多時間嗎？」

「他怎麼說？」

怎麼可能！陣內似乎是這麼回答：「哪有那麼閒，何況我們的工作又不是家庭訪問。」

於是，小山田俊提出質疑：「那你爲什麼一天到晚跑來我家？你那麼擔心我嗎？」

「根本不必擔心你吧。跟你比起來，我更擔心武藤。」

「不然呢？難不成，你當是到朋友家串門子？」

「你在開我玩笑嗎？」陣內皺起眉，上下打量小山田俊兩眼，接著道：「不是到朋友家串門子，還能是什麼？」

「我以爲是無聊的玩笑話，只給陣內先生一個苦笑，但他的神情相當認眞。」陣內還補一句：「不然你一直把我當成什麼？」

「除了家裁調查官，還能當成什麼？」小山田俊向我抱怨。平常他總是一副賊兮兮的表情，卻遲疑半晌，緊咬雙唇，彷彿強忍著什麼，微微顫抖著開口：「那個人……到底是怎麼回事？」

小山田俊離開不久，妻子牽著孩子們的手走進病房。走到床邊，她忽然自言自語：「好香的橘子味。」

27

棚岡佑眞似乎也得知我住院的消息。在調查室對他展示身上的繃帶，他咕噥著：「原來你眞的受傷了。」

比起在埼玉縣制伏暴徒的案子，媒體以更大的篇幅報導這次的案子。新聞都報出來了，棚岡佑眞應該不會認爲我在撒謊。

「你被捅一刀？」棚岡佑眞的表情像是自己被捅一刀。

「很可怕。雖然想逞強說沒什麼，但眞的很可怕。不，我根本沒心思去想可不可怕。」

「噢，嗯……」棚岡佑眞應道。此時，他不像之前那樣拒絕溝通。「那位女調查官今天沒來？」

「今天只有我。」

「她爲什麼一直在生氣？」

「木更津調查官就是那樣的人。只是性格嚴肅、認眞了些，並非對你發脾氣。」

「啊，是嗎……」

距離審判只剩兩天，但棚岡佑眞沒特別緊張。一提到這點，他移開目光，回答：「到這個地步，再怎麼掙扎也沒用。」雖不到自暴自棄的程度，但顯然已放棄希望。

車禍撞死人是一件多麼恐怖的事，他非常明白。

還是小學生時，他就嘗過椎心刺骨的痛。正因如此，他一直不敢眞正面對自己的罪責。

怎樣的處分都無所謂。

棚岡佑眞的眼神如此訴說。

「武藤先生，我到底該怎麼做才好？」我想起酩酊大醉的若林脫口而出的話。十年後，棚岡佑真也會懷抱相同的煩惱，吐出類似的言語嗎？

與其演變成這樣的結果，不如把小山田俊查到的那件事告訴他。

那個受害者，很可能是即將犯罪的危險人物……

棚岡佑真得知後，應該會減輕一些罪惡感。

不，不對。

我在撒謊。

我只是想讓自己的心情變得輕鬆一點。

一旦將這種難以求證的事告訴棚岡佑真，只會讓他的心情更混亂。或許能達到表面上的安慰效果，卻必須承擔太大的副作用。無論如何，不能仰賴那種話。

「不過，你來得正好……我正想問你關於那個的事。」棚岡佑真說得模糊、粗魯，又帶一點急躁。

「那個？」

「送給我的禮物。」

「送給你的禮物？」

「之前調查官帶給我的。」

「木更津嗎？抱歉，我剛出院，什麼都不知道。」

「應該是那個陣內準備的。」

聽來像是陣內委託木更津安奈，帶一樣東西給棚岡佑真，讓他相當困擾。

「那本書。」棚岡佑真接著解釋。我一聽，反射性地說「對不起」。腦海浮現陣內自製的公廁塗鴉留言蒐集冊，及標註凶手姓名的推理小說。以前他也曾將這一類的書硬塞給負責的少年。

「那是怎麼做到的？」棚岡佑真稍微加強語氣。

「主任隨便亂搞出來的吧。」

「隨便亂搞？」

「不，我相信他不是抱著輕浮的心態。」

「我眞的嚇一跳。」

「嚇一跳？」直到這一刻，我才忍不住確認：「那是怎樣的書？」

棚岡佑眞僵著臉，雙眼微微充血。像是氣急敗壞，也像是勉強壓抑著情緒。

「漫畫。」

「漫畫？」

「後面的劇情。整整兩本，直到完結篇。」

我聽得一頭霧水。後面的劇情，是什麼劇情？漫畫，指的又是什麼漫畫？還沒開口詢問，我恍然大悟。一定是他們當年最愛看，榮太郎深深著迷的那部漫畫。

「不是連載到一半就遭到腰斬嗎？之後又出續集，只是你不知道？」

「不是。」「不是？」

「應該沒出版。」棚岡佑眞緊閉雙唇，似乎是要維持冷靜，緩緩以鼻子吸氣，再輕輕吐出。「封面是黑白的，像是手工製作，但裡面的漫畫應該是眞貨。」

「什麼意思？」如果可以，我想拿實物來瞧一瞧，但棚岡佑眞沒辦法把漫畫帶進調查室。我詳細詢問漫畫的尺寸和內容後，提出疑問：「該不會是主任畫的吧？」

「那是眞貨。」棚岡佑眞的表情訴說著「原來你根本不知道」。

「眞貨是指……那位作者親自畫的？」

「大概是陣內委託的吧。」

「主任委託的？他何時幹了這種事？」我拚命梳理剛剛接收到的資訊，但大腦彷彿堆滿雜物，一直整理不完。陣內委託漫畫家畫到結局？有那麼容易嗎？

我的腦海又冒出「怎麼做到的」和「爲什麼要這麼做」兩個疑問。

「漫畫裡夾著一張便條紙。」棚岡佑眞繼續道。

「上頭寫什麼？」

「寫著『我這不是做到了嗎？眞是簡單』。」

確實很像陣內會說的話。「我這不是做到了嗎……這句話是什麼意思？」

「剛開始，我也覺得莫名其妙，後來……」

「想到什麼嗎？」

「十年前，我和阿守到裁判所找他談判……」

「啊，嗯……」幾個小學生在裁判所的櫃檯對陣內大呼小叫。

「當時，他對我們說『實現你們的心願不是我的工作』，接著又問『有沒有簡單一點的』。」

「簡單一點的？」

「更容易實現的心願。」

他們要求陣內讓肇事者判處死刑，實在太困難，於是陣內要他們提出簡單一點的心願。

「後來呢？」

「我當時說『想看那部漫畫眞正的結局』……畢竟是小孩子，只想得到這種願望。」

不難想像陣內聽到會怎麼回答。「簡單，我會去拜託漫畫家，把故事畫完……」陣內多半是如此回覆。

「這種事絕對不可能辦到！你只是嘴巴上講講！」孩子們一定是這樣大吵大鬧。

「原來主任接下一個艱鉅的任務……」我突然想到上次面談時，他指責同行的陣內「你忘了？我就知道你是騙子」。

原來是指這個願望。

「你一直記著？」

「不，我也忘了。」

「咦？」

「上次他來見我，我才想起這件事。」

「你這麼一罵，陣內也想起來，於是趕緊找那位漫畫家幫忙？真厲害，能在這麼短的時間裡畫完兩本。」

「不，我猜並不是這樣。」棚岡佑真的神情終於放鬆。

「不是嗎？」

「他好像一直記得。」

「主任一直記得？從什麼時候開始？」

「自從答應我們後，他就不曾忘記。」棚岡佑真的態度嚴肅，卻盯著地板，沒對上我的視線。

「咦，意思是……」

「從十年前開始。」

「我實在無法想像，主任居然會記在心底長達十年。」不過，我可以輕易想像，他明明遺忘卻堅稱記得的模樣。

棚岡佑眞吁一口氣。「昨天晚上，我收到一封信。」

「主任寄的？」

「不，那部漫畫的作者寄的。」

「這又是怎麼回事？漫畫家親自寄信給你？」我的眉毛恐怕扭曲得很厲害，因爲我完全摸不著頭緒。

棚岡佑眞從口袋掏出一張信紙，並遞給我。只見第一行寫著「給幾乎是我唯一讀者的棚岡」，字跡工整漂亮，帶著成熟大人的氣息。

對方在信中自我介紹是那部漫畫的作者，現在已轉行，並未在商業漫畫雜誌上連載作品。接著，他又說明是被一個「姓陣內的男人」的執著打敗，決定提筆完成那部漫畫。

十年前，陣內找上他，要求他認眞畫完，不要虎頭蛇尾。陣內怎會曉得對方住在哪裡？據說，那位漫畫家在接受週刊訪問時，提到一家常光顧的定食餐廳。陣內前往那家餐廳，循線找到對方。

有個死於車禍的小學生，似乎很期待看到這部漫畫的結局。我答應他的朋友要實現這個心願，一切拜託你了。

陣內沒使用任何話術，也沒威脅利誘，直截了當地表明來意。

那位漫畫家當然拒絕了。

信中提到，當時在連載新作，沒心思理會舊作。

何況，不可能僅僅爲了一個陌生人的請求，就答應做這件事。

仔細想想，這也是理所當然。

「那部漫畫已完結，並無後續的故事。」那位漫畫家告訴陣內，但陣內反駁：「那是遭到腰斬才草率結束吧？你一定有其他想畫的內容。」

陣內突然找上門，提出這樣的請求，對方想必感到納悶又憂鬱。

然而，陣內死纏爛打的功力是一流的。

最驚人的是，陣內始終沒忘記這件事。

雖然沒頻繁到天天上門囉嗦，但每隔幾個月就會來提出一次請求。有一陣子，幾乎是定期拜訪。後來有很長一段時間沒露臉，但那位漫畫家放下心中大石時，陣內又冒出來，說一句「老師，你最近很閒吧」。

——大約兩年前起，我的空閒變多，於是萌生「爲了自己，應該將那部漫畫認眞做個了結」的念頭。

信裡如此寫道。陣內的瘋狂催稿攻勢，在第八年終於看見成效。

不久後，棚岡佑眞發生車禍。

「老師，都怪你遲遲不肯完成，你唯一的讀者被送進鑑別所了。拜託你趕快畫完，要是他進少年院，要送漫畫給他可不容易。」陣內如此譏諷及催促。

讀到這裡，我忽然想起陣內與中年男人偷偷見面的傳聞。木更津安奈和優子都曾目擊。陣內說是「房東」，如今想來，對方就是那位漫畫家吧。

木更津安奈形容那個中年男人「眼淚快掉下來」，難道是陣內將他的漫畫批評得一無是處？

不難想像那位漫畫家交出成品後，陣內毫不留情地嫌棄「不夠有趣」的畫面。從信中的敘述來判斷，那位漫畫家似乎是瞞著陣內，偷偷寄出這封信。陣內應該只提到「讀者是開車肇事的少年」，至於少年的身分，應該是從網路上查出來的。畢竟網路上根本不會有人重視《少年法》和保密義務。

我將信還給棚岡佑眞，深深嘆氣，煩惱著該說什麼，最後吐出一句：「主任有著死不認輸的個性。」

「是啊。」

「多半是為了賭一口氣吧。他怕麻煩，卻也愛面子。最討厭別人評斷『我就知道你不行』。」

「是啊。」

「所以，無論如何，他都要讓你們看到漫畫。」

棚岡佑眞皺起眉。並非生氣，而是努力壓抑著內心的激動。

他低頭望著地面，眼睛眨得愈來愈快。我彷彿聽得見他在吞嚥口水。

「那個人眞是笨蛋。」他顫抖著說。

「嗯，這點我不否認。」

28

我想不到該祈禱什麼，只是維持祈禱的姿勢。睁眼一看，陣內依然雙手合十。這是靠近十字路口的人行道旁。扭曲傾倒的護欄已修復，哀悼的花束雖然減少，但並未完全消失，我頗感欣慰。要是連花都消失，似乎逝者也會遭到遺忘。

「主任，那件事你有什麼看法？」我問。

「哪件事？」

「你聽小山田俊提過吧？」

「噢，那件麻煩事？」陣內瞪我一眼。

「對。」

「這個嘛……」陣內思索片刻，旋即回答：「根本無關緊要。」

我無法判斷陣內的意思，是「小山田俊說的不可能是事實」，還是「就算是事實，仍無關緊要」。但我點點頭，附和：「是啊，我也認爲無關緊要。」

受害者如果活著，會發生什麼事？他會不會犯下可怕的罪？這個問題永遠不會有答案。

而且，不論是何種答案，都無法改變棚岡佑眞的過錯。

至於漫畫，我跟陣內聊過一次。

陣內兌現十年前的承諾。雖然佩服他死纏爛打的功力，卻不會因此認爲他值得尊敬。「眞有你的，居然做到那種地步」我只是這麼說。

陣內提出那樣的要求令人嘖嘖稱奇，漫畫家會答應也令人嘖嘖稱奇。漫畫家重新執筆，想必有更大的動機，並非單純敗給陣內的固執。棚岡佑眞可說是他唯一且最重要的讀者，爲這樣的讀者畫出作品，應該是令他躍躍欲試的挑戰。

「還好啦……」聽到我的稱讚，陣內的臉卻有點臭。我略感納悶，轉念一想，問道：「對了，你怎麼把那些漫畫變成書的？」

「這年頭任何人都能印書，我可是自掏腰包送印喔，自掏腰包。」

「不必特別強調這一句。」好不容易建立的形象又毀於一旦。

「話說回來……那部漫畫一直到最後都不怎麼有趣。」陣內嘆一口氣，臉色依舊難看。

「呃……」

「畢竟不過是那種程度的東西。」

陣內是認眞的，還是在開玩笑？我實在無法判斷。

這時，我發現若林出現在前方路口，朝我們走近。他穿西裝，還打著領帶。

「搞什麼，你不是要回家換衣服嗎？」

若林剛剛表示想先回家換掉西裝，於是我和陣內在十字路口等他。

「我後來想一想，難得穿西裝，乾脆就這麼去吧。」

「有什麼好難得的？以後你每天都得穿彆扭的西裝。」

「前提是必須錄取。」

「也對。」

陣內突然說要慶祝我出院，並邀請若林。得知若林又要參加面試，擅自將慶祝會的日期訂在面試當天，還說「順便慶祝你面試結束」。

餐廳是陣內預約的，他在前頭帶路。

路上車子來來去去。一輛白色小轎車開到十字路口，按一下喇叭。若林渾身一顫。

陣內帶我們去的是「北京烤鴨酒吧」。店內十分熱鬧，主餐當然就是北京烤鴨。

鴨肉和蔬菜夾在富有彈性的薄餅皮裡，我忍不住一口接一口。

「簡直像手捲壽司，眞有意思。」若林說出天眞的感想。陣內噗哧一笑，「沒有更好的比喻嗎？」

「對了，那個人出院了嗎？」我問。

「你是指，若林心臟按摩救回的人嗎？」

「就算沒有我，那個人也可能獲救。」若林靦腆地低語。

「沒那回事。」那天晚上，若林拚命爲對方急救的情景，我實在印象深刻。

「不過，他倒是非常感謝我。」若林有些不好意思，臉頰微微泛紅。

「如果他打電話給你，說『你很有責任感，我想介紹一份工作給你』，就皆大歡喜了。」陣內咬著蔬菜棒。

「當成謝禮？」

「沒錯。」陣內苦笑著點頭，似乎明白這種事只會發生在虛構的故事裡。

不久後，若林突然發出「啊」的輕呼。此時，他已脫掉西裝外套，但一個不小心，襯衫右邊袖子沾上醬汁，黑了一大片。

「你沒換掉西裝果然是個錯誤。」陣內拿筷子指著那團污漬。

「是啊。」

「另一隻袖子也沾一些，看起來就像原本的圖案。」陣內提供一個不負責任的建議。

「別擔心，送洗就好。」我安慰若林。

「我先去沖一下水。」若林起身走向廁所。

「主任，你記得田村守嗎？」我試著問。當然，這算不上重要的話題。

「誰啊？」

「棚岡佑眞的好朋友。」

「啊，那個沒守住球的捕手？」

「主任，關於他參加的那場球賽，你問過他好幾次『眞的是捕逸嗎』，對吧？我一直以爲你是故意調侃他，但我愈想愈不對。能不能告訴我，爲何要那麼做？」

「跟你猜的一樣，我是在調侃他。」

「主任，你該不會看過那場比賽吧？」

「我怎麼會去看埼玉縣的高中棒球預賽？你以爲我很閒嗎？」陣內一臉認眞地反駁。

「你怎會這麼問？」

「棚岡佑眞偶然提起的。」

最後一次面談時，棚岡佑眞曾喃喃低語：「他似乎一直關心著我和阿守。」

「既然你那麼在意棚岡佑眞，對田村守應該也是如此。」

「你認爲我會做那種事？」

「嗯……」其實我開始懷疑是自己想太多。「主任，你知道那場比賽上的失誤不是捕逸，而是暴投，對吧？」

「你在說什麼啊？」

眞是如此，代表田村守堅稱是捕逸，是爲了守住投手的名聲。若有人問「所以呢」，我只能回答「就是這樣而已」。但我相信，這是非常重要的事。

「你想太多了。」陣內拋出這句話時，若林恰恰走回來，於是問：「你們在聊什麼？」

「俗話不是說『弘法不挑筆』嗎？其實，那是假的。」陣內煞有其事地說。

「咦，假的？」

「實際上，弘法大師挺挑筆。」

「眞的嗎？」

「他似乎很講究工具。」

「請別說這種讓人夢想破滅的話。」

「會想捶胸頓足吧？」

「非常想。」

陣內和我不約而同地哈哈大笑。

桌上的料理一掃而空時，若林突然垂頭喪氣地吐出一句：「難得和兩位一起吃飯，我實在不想破壞氣氛，但……」他遲疑片刻，接著道：「今天的面試大概不會上吧。」

「怎麼說？」

「我主動坦承車禍的事。」

「又來了。」陣內仰天長嘆。「你是傻子嗎？沒必要的話幹麼掛在嘴邊？」

「口風不緊的傻子……胡言亂語的傻子……像伊凡一樣的傻子……」若林壓抑著情感輕輕念出這串繞口令般的話，忽然疲軟一笑：「陣內先生，你知道〈傻子伊凡〉的結局嗎？」

「上次你說很喜歡的結局？」

「是啊。」

「那是怎樣的結局？」

「一個窮人來找伊凡，懇求伊凡施捨一些食物。」

「嗯。」

「伊凡告訴他……」若林的話聲中斷。轉頭一看，若林緊咬牙根，似乎拚命克制著內心深處噴發的情緒，擠出一個字都有困難。

我靜靜等待若林恢復平靜。

若林終於調勻呼吸，繼續道：「伊凡告訴他……」

好啊、好啊，跟我一起住吧。

這就是伊凡的回答。

伊凡對窮人說出這樣的話。

「噢，原來如此。」陣內的話聲難得摻雜幾分迷惘。

跟我一起住吧……

這句話在我的腦海迴盪。

伊凡是個傻子，所以接納窮人。

若林的這番話，彷彿輕飄飄地懸浮在我身旁。

三人沉默半晌，若林又開口：「今天的面試，面試官問我……你闖下這麼大的禍，可以像這樣過正常的生活嗎？你眞的有心反省嗎？」

「是嘛……」

我向公司法務部確認過，在未成年時犯的罪不會留下前科，但這合理嗎？一個被過於縱容的人，是不會反省的。

面試官如此批評。

「唔，倒也不無道理。」陣內嘛起嘴，點點頭。

「是啊。」若林跟著點頭。

「主任！」

「這麼一來，家裁調查官忙得焦頭爛額，也沒意義。反正把闖禍的少年全部重重懲罰，不就好了？」

「主任，這樣太武斷。」我提出抗議。

若林低頭不語。

「反正，不管我們怎麼努力，不受教的傢伙就是不受教，太認眞只是自找麻煩。」

「嗯……」若林應一聲。

「可是，要偷懶也不行。」陣內嘆一口氣。「雖然麻煩，但我們沒辦法像機械一樣不管三七二十一地下重罰，你知道爲什麼嗎？」

「爲什麼？」

「咦？」

陣內無奈地說：「因爲有你這樣的人。」

「因爲有你這樣的人，我們想偷懶都不行。」一如往常，陣內慵懶地回答。

若林好一會沒抬起頭。

「主任，但你常常偷懶。」說出這句話是我責無旁貸的使命。

這時，若林的手機響起。

當若林抬起頭，我看見他的眼眶紅紅的。

「電話？誰打來的？」

「那天晚上的那個人……」

他似乎是指，接受心臟按摩的那名男子。

「我出去接電話。」若林拿袖子往眼角一抹，站起身。

陣內拄著臉頰，懶洋洋地看著若林的背影走出店外。

（全文完）

參考・引用文獻

《眼睛看不見的人如何看世界》伊藤亞紗著／光文社新書

《我們需要明格斯（植草甚一剪貼本14）》植草甚一著／晶文社

《週刊哈珊（羅蘭・柯克之謎）》林建紀著／Prhythm paperbacks No.009

《羅蘭・柯克傳》John Kruth著　林建紀譯／河出書房新社

《明格斯　自傳・在敗犬之下》Charles Mingus著　稻葉紀雄、黑田晶子譯／晶文社

《明格斯／明格斯　2個傳說》Janet Coleman & Al Young著　川嶋文丸譯／Blues-Interactions

本書跟《孩子們》一樣，先由好友武藤俊秀先生讀過，並獲得不少重要的指正，在此致上最深的謝意。不過，我在聽來的內容裡添加許多自己的創作，請讀者明白這是一部虛構的作品。

解說

伊凡國度下的潛水艇

寵物先生

從那時起他就完全變了個人
忘我地工作、一直工作
明知這樣也無法償盡
至少每個月給那人送點錢

——佐田雅志《贖罪》

二〇〇一年四月廿九日凌晨，東京的東急鐵路線發生一起傷害致死案。四十多歲的男性與四名少年發生口角，於次站的三軒茶屋站下車後，少年們在月台將男性毆打成重傷，男性失去意識後昏迷，一週後不治死亡。案發後四名少年陸續投案，其中兩名主犯檢送東京地方法院審理。

審判當時，兩名少年不時表達反省之意，卻也多次主張是喝醉酒的死者先動手，自己僅是防衛過當，最後兩名少年被判處懲役三至五年。

陳述完判決後，審判長山室惠對兩位被告說出史無前例的話：「你們聽過佐田雅志的《贖罪》嗎？只要讀歌詞就好，讀過一次，就知道爲什麼你們的反省無法打動人心。」

這便是有名的「贖罪說諭」。《贖罪》發表於一九八二年，歌詞以一位年輕人「小裕」的友人視點寫成，敘述小裕曾因疲勞駕駛，成爲交通肇事的加害人，他日夜不停工作，每月匯款給被害人的遺孀，終在七年後收到對方的一封信。這首是佐田以現實案件爲背景寫成，不僅提醒人們對生命的尊重，也點出被害者遺族的心境，與加害人應有的贖罪態度。

閱讀伊坂幸太郎《潛水艇》的過程中，我不止一次想起上述案例，除了故事主題是少年犯罪，案件同爲車禍肇事外，書中若林青年努力回歸社會的認眞形象，也使我不自覺地想起歌詞的主角「小裕」。然而如此沉重的主題，佐田雅志與伊坂表現得全然不同，前者的歌曲調性沉重中帶點救贖，後者在具備節奏感的劇情敘事與魅力十足的角色引領下，將讀者心頭的重擔減至最低，有舉重若輕之感。

表現出文學嚴肅的一面，卻又不失大眾小說的娛樂性——想必伊坂自出道以來，一直是懷著這樣的想法寫作吧。

讀過本作，甚至是前作《孩子們》的讀者，一定會認同陣內與永瀨兩人是故事的靈魂人物。

性格自我中心、不按牌理出牌的陣內，經常將「有夠麻煩」掛在嘴邊，老是說些狗屁不通的話，即便退一萬步看，也無法稱之為「成熟的大人」，然而也因為任性的行事作風，使他得以跳脫一般社會的框架，帶領眾人找出突破口。這樣的人，需要有一位深刻理解他的朋友，才能看出他的「大智若愚」。

於是永瀨就出現了。一位生來便眼盲的青年，不斷藉由視覺之外的感官接觸，使自己與外界產生連結，甚至「看」得比一般人更多，宛如自武俠小說中現身，用「心眼」透視一切的人物。在《孩子們》中，他是偵探角色，憑著對外界的敏銳度解決謎團，在這次的故事裡，他和陣內形成一動一靜的對比，看似衝突卻相輔相成。

正如同書中提到的兩位音樂人——查爾斯・明格斯與哈珊・羅蘭・柯克，前者脾氣暴躁，思考奇特且出人意表，後者技術高超，將自身的缺陷昇華為萬丈光芒，兩人的合作，奏出一首首豪邁而精彩絕倫的爵士樂曲。書中不時出現關於爵士樂的聆聽與討論場景，對這兩位樂手的描述每增加一分，其在劇情中的對照角色陣內與永瀨，形象也更為立體、豐富起來。

有了兩朵深具魅力的紅花，自然需要綠葉陪襯。是以調查官武藤再度擔綱敘事者，如同觀察、記錄福爾摩斯言行舉止的華生，他所代表的是「具備社會常識」的一般人，所被賦予的任務有二：一是吐槽陣內的行徑，二是見識到永瀨的沉穩，再加上任職於家庭裁判所這點，要對讀者帶出「少年犯罪」的主題，這個角色再適合不過了。

這三名人物（還得加上永瀨的女友優子）自《孩子們》後，睽違十二年再度登場，對讀者而言就像好久不見的老友，有些事物甚至已物換星移：女友變成了老婆，導盲犬換了一隻，而曾在《孩子們》登場過的另一個好友鴨居，似乎不見蹤影——本書中四人與若林青年在永瀨家中聚會時，武藤那近似「朋友忌日」的氣氛感觸，究竟是否在暗示什麼呢？

唯一不變的，大概是掛上主任頭銜的陣內，仍揮灑那帶有孩子氣的倔強與彆扭，給予問題少年們一次又一次的救贖吧。

伊坂的作品往往會透露一股思維，那是對加諸於人身上，無以名狀的暴力與邪惡感到義憤填膺，也因此情節發展往往壞人遭受懲罰，好人得到補償。但現實與小說不同，賞善罰惡的正義不一定能實現，完美的結局並不存在，就連「善」與「惡」的分界，也經常是曖昧而模糊的。至於如何描寫這個不甚圓滿、充斥負能量的世界，卻又使讀者能看見那麼一點未來，就是小說家的技術。

於是我們看見伊坂在《潛水艇》中，讓武藤對三名青少年——若林、小山田俊、棚岡佑真——不斷產生善與惡、罪與罰的反覆思辯，也透過陣內那有些幼稚、但本質上與少年們平起平坐的互動，給予對方些許的光明。

以「犯罪預防」爲出發點的竊取個資行爲，無心卻致人於死的車禍肇事者，一開始便懷有犯意、卻錯殺一名糟糕透頂之人的徬徨復仇者……武藤一面內心高喊「犯罪是不對的」、「奪人性命的人該受懲罰」之際，卻也對這些人隨之產生「好像可以理解」的心情。

當讀者們瞥見武藤內心的迷惘，捫心自問「這社會究竟該如何對待他們」之際，也只能像他一樣，吐出一句句的「不知道」。畢竟每個孩子的案例都不同，一概而論是危險的，而法律卻是得在個體差異甚大的群體下，定出形同「一概而論」規則般的東西。家裁調查官這項職業，便是處於社會與法律間的位置，他們藉由一次又一次的個案接觸，思考如何對待這些少年，試圖將「一概而論」的可能性減到最小。

而陣內所做的，似乎又多了那麼一點。

面對小山田俊的玩笑話：「又不是朋友來家裡玩。」他那異常認眞的反應。棚岡佑眞十年前近似無理取鬧的要求，只因自己不服輸便拜託別人替他完成。雖然嘴上老是嫌麻煩，卻仍不肯將這些個案全權交由法律處理，「因爲有你（若林）這樣的人」。

因爲他深知，這些少年內心都留著疙瘩，這些疙瘩「宛如潛水艇，潛藏在視野之外，一有風吹草動，便突然浮出水面襲擊」——武藤對於若林過去案件的這段評述，清楚道出更生人的困境，也呼應書名。

「沒有時間無法緩和的悲傷，但悲傷不可能化爲零。」若造成被害人無法挽回的傷痛，內心的陰影便更難消除。正因如此，身爲家裁調查官的陣內即使不是自己負責的個案，還是與這些少年接觸，爲的就是等待他們早日撇除陰影、撥雲見日的時刻，即使那天很可能永遠不會到來。

只因有像你們這樣的傢伙。

讓陣內願意做這些麻煩事的，是怎樣的傢伙呢？或者該說，在若林陳述的〈傻子伊凡〉版本結尾中，縱使伊凡歷經三個小魔鬼與一個大惡魔的欺騙，最後還能讓他願意說出「一起生活吧」的，究竟是怎樣的人呢？

還記得托爾斯泰的故事嗎？伊凡的國度裡有個準則，凡是手上長繭的勞動者，就會備受禮遇。

爲「潛水艇」所苦，貫徹贖罪心態，期望有朝一日回歸社會……或許讓陣內拋開「好麻煩」抱怨的少年，都是像這樣的人。

寵物先生　本名王建閔，台灣推理作家協會會員。以《虛擬街頭漂流記》獲第一屆島田莊司推理小說獎首獎，另著有長篇《追捕銅鑼衛門：謀殺在雲端》、《S. T. E. P.》（與陳浩基合著）。因伊坂的推薦，上網找了哈珊．羅蘭．柯克演奏的〈If I Loved You〉，果然在聽到六分三十秒處時大為驚嘆，反覆聽了好幾遍。

伊坂幸太郎作品集24

潛水艇

サブマリン

原著書名　サブマリン
作　　者　伊坂幸太郎
翻　　譯　李彥樺
原出版社　講談社
責任編輯　陳盈竹
行銷業務部　徐慧芬、陳玫潾
版 權 部　吳玲緯、蔡傳宜
編輯總監　劉麗眞
總 經 理　陳逸瑛
榮譽社長　詹宏志
發 行 人　凃玉雲
出　　版　獨步文化
城邦文化事業股份有限公司
104台北市中山區民生東路二段141號5樓
電話：(02) 2500-7696　傳眞：(02) 2500-1967
發　　行　英屬蓋曼群島商家庭傳媒股份有限公司城邦分公司
104台北市中山區民生東路二段141號2樓
讀者服務專線：(02)2500-7718；2500-7719
24小時傳眞服務：(02)2500-1990；2500-1991
服務時間：週一至週五　上午09:00～12:00　下午13:00～17:00
讀者服務信箱E-mail：service@readingclub.com.tw
劃撥帳號：19863813　戶名：書虫股份有限公司
香港發行所　城邦（香港）出版集團有限公司
新址：香港灣仔駱克道193號東超商業中心1樓
電話：(852) 25086231　傳眞：(852) 25789337
E-mail：hkcite@biznetvigator.com
馬新發行所　城邦（馬新）出版集團　Cite(M)Sdn Bhd
41, Jalan Radin Anum, Bandar Baru Sri Petaling,
57000 Kuala Lumpur, Malaysia.
電話：(603) 90578822　傳眞：(603) 90576622
email:cite@cite.com.my

城邦讀書花園
www.cite.com.tw

封面插圖　宗誠二郎
封面設計　高偉哲
排　　版　游淑萍
印　　刷　中原造像股份有限公司

初　　版　2017年（民106）6月
定價　320元
ISBN 978-986-94754-0-2

國家圖書館出版品預行編目資料

潛水艇 / 伊坂幸太郎著, 李彥樺譯. 初版. -- 台北市：獨步文化：家庭傳媒城邦分公司發行, 2017〔民106〕
面；　　公分. --（伊坂幸太郎作品集：24）

譯自：サブマリン

ISBN 978-986-94754-0-2（平裝）

861.57　　　　　106006246

獨步文化
APEX PRESS

廣 告 回 函
北區郵政管理登記證
台北廣字第000791號
郵資已付，免貼郵票

104台北市民生東路二段 141 號 2 樓

英屬蓋曼群島商家庭傳媒股份有限公司

城邦分公司

請沿虛線對摺，謝謝！

獨步文化
APEX PRESS

書號: 1UF024 **書名**: 潛水艇 **編碼**:

請於此處用膠水黏貼

獨步文化 APEX PRESS

讀者回函卡

謝謝您購買我們出版的書籍！

請費心填寫此回函卡，我們將不定期寄上城邦集團最新的出版訊息。

姓名：＿＿＿＿＿＿＿＿＿＿＿＿　性別：□男　□女

生日：西元＿＿＿＿＿年＿＿＿＿＿月＿＿＿＿＿日

地址：＿＿＿＿＿＿＿＿＿＿＿＿＿＿＿＿＿＿＿＿

聯絡電話：＿＿＿＿＿＿＿＿＿＿　傳真：＿＿＿＿＿＿＿＿

E-mail：＿＿＿＿＿＿＿＿＿＿＿＿＿＿＿＿＿＿＿＿

學歷：□1.小學 □2.國中 □3.高中 □4.大專 □5.研究所以上

職業：□1.學生 □2.軍公教 □3.服務 □4.金融 □5.製造 □6.資訊

□7.傳播 □8.自由業 □9.農漁牧 □10.家管 □11.退休

□12.其他＿＿＿＿＿＿＿＿＿＿＿＿＿＿＿＿

您從何種方式得知本書消息？

□1.書店 □2.網路 □3.報紙 □4.雜誌 □5.廣播 □6.電視

□7.親友推薦 □8.其他＿＿＿＿＿＿＿＿＿＿＿＿

您通常以何種方式購書？

□1.書店 □2.網路 □3.傳真訂購 □4.郵局劃撥 □5.其他

您喜歡閱讀哪些類別的書籍？

□1.財經商業 □2.自然科學 □3.歷史 □4.法律 □5.文學

□6.休閒旅遊 □7.小說 □8.人物傳記 □9.生活、勵志 □10.其他

對我們的建議：＿＿＿＿＿＿＿＿＿＿＿＿＿＿＿＿＿＿＿＿

＿＿＿＿＿＿＿＿＿＿＿＿＿＿＿＿＿＿＿＿

＿＿＿＿＿＿＿＿＿＿＿＿＿＿＿＿＿＿＿＿

□我已詳讀權利義務之相關條款，並同意遵守。

請於此處用膠水黏貼